FOLIO POLICIER

Didier Daeninckx

Lumière noire

Gallimard

Didier Daeninckx est né en 1949 à Saint-Denis. De 1966 à 1975, il travaille comme imprimeur, animateur culturel, puis journaliste dans plusieurs publications. Depuis, il a écrit une vingtaine d'ouvrages – dont *Métropolice*, *Zapping* ou *Mort au premier tour* – qui sont tous des chefs-d'œuvre.

Pour Loïc de Saint-Denis
William de Montreuil
et Abdel de La Courneuve

« Je vois de la lumière noire »
VICTOR HUGO,
paroles ultimes, 22 mai 1885.

COMMISSAIRE LONDRIN

7 janvier, 23 h 15

Il l'a tout d'abord murmuré dans le talkie-walkie, comme s'il s'en faisait la réflexion :

— Plus vite la DS...

Je l'ai regardé. C'était un jeune flic en civil au visage à moitié mangé par l'ombre de son col relevé. Son pouce a écrasé le bouton et l'appareil s'est mis à grésiller.

— Plus vite la DS ! Qu'est-ce que vous foutez ?

Il avait crié, les lèvres collées au micro. La buée de son haleine enveloppait ses mains crispées sur l'émetteur.

Un 747 cargo venait de s'arracher au sol et les hurlements des réacteurs couvraient les bruits des pas, les cris, les vibrations du moteur maintenant lancé au maximum. Dans le groupe des officiels on levait le nez au ciel en pestant contre le zinc. La DS s'est arrêtée sans qu'on entende le crissement des freins, puis elle a effectué une longue marche arrière pour revenir à ses marques. Les lumières du Boeing ont quitté la nuit pour les nuages et la rumeur de son départ s'est apaisée peu à peu. Le tireur faisait les cent pas, martelant le sol de ses pieds, entre une estafette sombre et l'équipe vidéo. Il portait un passe-montagne pour se protéger du froid, de l'humidité. Peut-être aussi voulait-il dissimuler ses traits... On lui avait repris la carabine A.M.D. et personne ne semblait s'intéresser à lui. Un brouillard glacé s'apesantissait sur l'aéroport voilant les lampes des réverbères. Plus tard, là-bas, tout au fond, minuscule devant les hangars d'Air-France, la DS a émis le signal : deux brefs appels de phare. Elle s'est élancée sur le vaste terre-plein avant de bifurquer brutalement vers la route où nous nous tenions, tous feux éteints. Ça s'est mis à gueuler.

— MAINTENANT LA RENAULT. ALLEZ-Y...

L'éclairagiste de l'équipe de tournage a mis ses projecteurs en batterie tandis que la Renault 11 se plaçait en chicane au milieu de la chaussée. La même voix décuplée a lancé son ordre.

— DESCENDEZ !

Le tireur s'est éjecté du siège passager. Il serrait son arme à deux mains et il contourna l'avant de la voiture en courant, les jambes et le dos fléchis. Le conducteur, lui, se tenait debout, un pied dans l'habitacle, une main appuyée sur l'arête supérieure de la portière. Il a porté son sifflet à sa bouche et s'est mis à siffler pour arrêter la course folle de la Citroën. La vitre avant gauche s'est alors abaissée et un bras menaçant a surgi en direction des deux hommes. Près de moi le jeune flic en talkie-walkie a trépigné :

— Il faut qu'ils dérapent, sinon ils ne passeront pas.

Le pilote de la DS semblait être à l'écoute : les pneus se sont accrochés au bitume en chuintant et la bagnole a chassé de l'arrière, mordant sur le bas-côté. J'avais déjà reporté toute mon attention sur le tireur. Il venait de se plier en avant, son corps épousant les formes de la carrosserie. Ses coudes se posèrent sur le capot et le canon de la carabine effectua une longue dérive ralentie parallèle à celle de la DS. Tout se passa comme si j'entendais les trois coups de feu. La voiture quitta la route et s'immobilisa sur une courte pelouse près d'un abri lumineux surmonté d'une inscription : « PLAN DE SITUATION. » La portière avant gauche s'ouvrit lentement et l'on ne vit rien d'autre que deux mains qui cherchaient le sol. Le reste du corps suivit et s'affaissa sans bruit sur l'herbe. Des cheveux noirs, un blouson, un jean. Un homme à l'agonie qui faisait en rampant le dernier voyage de sa vie. Trois mètres douloureux, un soubresaut, puis plus rien. Tous ceux qui assistaient à la scène s'en détournèrent et les discussions s'engagèrent.

L'éclairagiste coupa l'alimentation de ses projecteurs. La victime se releva en se brossant le ventre, les cuisses, dans la lumière trop blanche des néons du plan.

Je m'approchai du groupe compact qui entourait le juge. En me hissant sur la pointe des pieds je l'observai alors qu'il rangeait les pièces de son dossier dans sa serviette sans cesser de répondre aux questions des journalistes. Le froid rougissait son nez, ses pommettes : je ne lui avais jamais vu autant de couleur sur le visage. Son regard soudain accrocha le mien. Il parut surpris de me découvrir, sourit, et d'un discret mouvement de la tête me fit signe de le rejoindre. Les acteurs de la reconstitution s'étaient rassemblés autour de l'estafette où un gendarme leur servait le contenu d'une bouteille thermos dans des gobelets en carton. Deux policiers conduisaient le tireur vers une Peugeot banalisée et leurs silhouettes s'illuminaient sous les flashes. La voiture démarra aussitôt, escortée par deux motards pour s'éloigner en direction de l'autoroute.

Nous nous retrouvions souvent sur les mêmes affaires, le juge Berthier et moi ; à vrai dire nous formions une bonne équipe. Il traînait une réputation de magistrat extrémiste depuis qu'il avait fait incarcérer à Fleury Mérogis deux mineurs de moins de 15 ans accusés de viol, mais je crois que c'était surtout pour lui une manière de faire oublier son passage remarqué au Syndicat de la Magistrature, dix années plus tôt.

Je parvins à me placer à sa hauteur alors qu'il mettait fin à la conférence improvisée. Un jeune type vêtu d'un parka en matière synthétique gonflé comme une bouée tendit un mini K7 dont le couvercle était orné d'un autocollant publicitaire de sa station « Canal-Info » :

— D'après vous, monsieur le juge, s'agit-il d'une nouvelle affaire de légitime défense ?

Berthier se racla la gorge.

— En l'état actuel de l'enquête, cela semble constituer une explication plausible... Vous ne croyez pas ?

Puis il m'entraîna à l'écart alors que les journalistes se précipitaient pour recueillir les déclarations des avocats et des rares témoins. Il posa une main sur mon épaule.

— Qu'est-ce que vous faites là, Londrin... Vous êtes sur le coup ?

— Non. Vous êtes bien placé pour le savoir... C'est avant tout le boulot de l'I.G.S. Je suis là en curieux : dès qu'il y a du grabuge dans mon secteur, je ne peux pas m'empêcher de venir jeter un œil. Vous avez le temps de manger un morceau avant de rentrer ?

Il souleva sa serviette devant sa poitrine.

— J'ai encore beaucoup de travail cette nuit : je file à mon bureau. Quelle merde ! On n'avait pas besoin d'une histoire pareille en ce moment, en pleine vague d'attentats terroristes... Vous avez lu les journaux ? Ils vous tombent dessus à bras raccourcis...

Réflexe fataliste, je haussai les épaules.

— La presse ne nous a jamais fait de cadeaux, je ne vois pas pourquoi elle s'y mettrait aujourd'hui ! J'étais là pour l'ouverture de Roissy, en 74 et j'y ai bossé plus de dix ans. Pendant tout ce temps, on n'a pas eu un seul meurtre à se mettre sous la dent ! Pas un... Et le premier mort, il faut que ce soit le carton d'un policier ! On n'a vraiment pas de pot... Qu'est-ce que dit l'expertise balistique ?

Une bourrasque de vent souleva le col de mon manteau qui vint me cingler le visage. Le juge Berthier s'apprêtait à me répondre mais il fut interrompu par l'arrivée de l'un des types que j'avais remarqué près de lui lors de la reconstitution. Il ne mesurait pas plus d'un mètre soixante et ses cheveux bouclés peignés droit sur sa tête dépassaient tout juste l'épaule du juge. Il avait un visage rond dont il tentait sûrement de contrarier les lignes en se faisant pousser la barbe. Peine perdue : la touffe de poils qui masquait mal son menton semblait appartenir à quelqu'un d'autre. Je remarquai ses poings serrés et l'effort qu'il dut exercer sur lui-même pour s'exprimer calmement.

— Je peux vous parler monsieur le juge ?

Berthier ne s'y trompa pas, la question était de pure forme.

— Oui, bien entendu. Quelque chose vous tracasse ?

Le petit barbu lança un regard interrogatif dans ma direction et Berthier le rassura.

— C'est le commissaire Londrin, vous pouvez avoir toute confiance...

— C'est pas une question de confiance. Vous n'arrêtez pas de me balader dans tous les sens depuis hier et j'ai bien l'impression que ce que je vous dis ne sert à rien...

Berthier avait ouvert la portière de sa BMW et s'était penché pour déposer ses documents. Il se redressa.

— Vous avez tort de réagir ainsi, monsieur Guyot. Nous attachons beaucoup d'importance à vos déclarations mais vous n'êtes pas le seul témoin.

Mon objectif est d'établir la vérité des faits et il m'appartient d'effectuer la synthèse entre les différents points de vues.

Guyot se força à rire. Il agita ses mains devant lui.

— La vérité... Quelle vérité ? Je me fatigue à répéter dix fois, vingt fois que la DS roulait pleins phares, que la voiture de police ne se trouvait pas au milieu de la route mais sur le bas-côté... J'étais aux premières loges... Cette nuit les reporters des journaux, des télés ont vu le contraire et mes gueulantes seront de peu de poids à côté de leurs images, de leurs mots...

Le juge se laissa tomber sur son siège, mettant un terme à l'entretien. Le barbu s'éloignait en parlant tout seul.

— Qui est-ce ? Un témoin...

Berthier tourna la clef dans le neiman, sans me regarder.

— Si on veut... C'est Yves Guyot. Il était dans la DS à côté de celui qui a été descendu, Gérard Blanc.

— Il n'a pas l'air très satisfait de la reconstitution...

Les dernières voitures particulières avaient quitté le secteur et seuls les membres de l'équipe vidéo de la préfecture s'occupaient encore à ranger leur matériel dans un Traffic.

— Vous connaissez le refrain, commissaire. Il essaie de couvrir son pote et de se sortir du guêpier par la même occasion... Il me raconte ce qu'il veut : en face j'ai les rapports officiels des deux policiers.

Je me décidai à jouer en retrait :

— Attention, il leur arrive aussi de tricher avec leurs souvenirs... C'est humain !

Le juge Berthier avait enfoncé la pédale d'embrayage et son poing droit caressait nerveusement le pommeau du levier de vitesse.

— Ce n'est pas le cas cette fois, vous pouvez en être sûr. Leurs dossiers administratifs sont nickel.

Quant à Guyot, il va rapidement apprendre la modération. Lorsque l'on traîne autant de casseroles, on se fait discret.

Il leva la main pour me saluer et démarra en faisant crisser les pneus. J'avais encore le temps d'attraper une navette qui me déposerait à l'aérogare n° 1 où j'étais assuré de trouver un copain ou deux prêts à discuter avec moi le temps que j'avale un sandwich et une bière. Je ne pensai pas une minute à Yves Guyot cette nuit-là. Pourtant il n'allait pas se passer une semaine avant qu'il ne fasse irruption dans ma vie.

YVES GUYOT

8 janvier, 10 h 20

Yves Guyot s'était réveillé peu avant neuf heures en entendant le claquement du verrou. Ghislaine allait chercher les deux gamins de l'institutrice et dès son retour il serait impossible de bouger dans l'appartement. Elle les gardait depuis septembre, un moyen de se faire un peu d'argent bien qu'elle n'ait cessé, avant, de lui dire qu'elle ne supportait pas les mômes. Il se sentait fatigué, le corps lourd et n'arrêtait pas de penser à cette minute insensée où tout avait basculé. L'image de Gérard hurlant dans l'herbe, ses doigts tordus labourant la terre, repassait indéfiniment devant ses yeux. Que ce corps soudain inerte appartînt à Gérard, il ne pouvait y croire. Une vie doit-elle s'achever ainsi, sans raison... Le café était en route. Il délaissa les tartines, vaguement écœuré et but un bol de liquide amer debout devant la fenêtre de la cuisine. Son regard était vide, tourné vers l'intérieur. Puis il s'habilla comme la veille se contentant d'un rapide coup de gant humide sur le visage. Son chef de service lui avait conseillé de prendre une semaine sur ses congés, dès le lendemain du drame et Yves Guyot ne doutait pas que la suggestion n'arrivât en ligne directe de la Direction générale. On le mettait, en somme, à la libre disposition des flics et cela sur son propre fric! Depuis deux jours que ça durait il n'avait jamais été à l'initiative de rien : on le convoquait, on l'interrogeait, on contrôlait des points de détail et les quelques minutes cruciales se morcelaient peu à peu, à en devenir abstraites. Par moment il lui paraissait impossible que cela se soit passé. Il se raccrochait alors à cet instant d'horreur quand le flic s'était mis à courir vers lui avec sa carabine encore fumante qui se balançait au bout de ses bras, au rythme de la course. Il sentait encore la brûlure des larmes sur ses joues.

— Relève-toi Gérard! Fais pas le con, je t'en supplie...

Le coup de crosse l'avait touché à l'épaule et déséquilibré. Sa chute avait amorti le choc. Il avait voulu se relever mais déjà le canon se faufilait nerveusement entre son col et ses cheveux, cherchant la gorge.

— Bouge pas. Ecarte les bras... Un geste et je tire.

Il s'était allongé, plaqué complètement sur le sol, les bras en croix, face contre terre, le souffle court. Il osait à peine respirer. Le flic s'était accroupi pour le palper et lui avait ordonné de se retourner sur le dos, lentement pour fouiller les poches de son blouson. Il avait enfin découvert les traits de celui qui venait de tuer Gérard et s'était juré de ne jamais oublier son visage.

On sonna à la porte alors qu'il enfilait ses boots.

— C'est toi Ghislaine?

Personne ne répondit à sa question. Yves Guyot se leva de sa chaise et fit jouer le verrou. Trois types en imper attendaient sur le palier. Il n'en connaissait encore aucun mais le sens de leur visite ne faisait aucun doute.

— Qu'est-ce que vous voulez? J'ai besoin qu'on me laisse tranquille maintenant...

Il fit mine de repousser le battant, sans conviction.

Un des policiers s'avança, une main posée à plat sur la porte.

— Vous devez nous suivre. Vous êtes attendu à la préfecture.

— Vous m'avez déjà bouffé la moitié de ma nuit... Pour rien. J'ai dit tout ce que je savais mais on n'en tient aucun compte. A quoi ça va servir de le rabâcher une fois de plus ?

Le premier policier s'avança dans la pièce. Il décrocha le blouson pendu au perroquet.

— On n'a pas beaucoup de temps. Il faut y aller...

Yves Guyot saisit le cuir et le balança sur le canapé.

— Moi j'ai tout mon temps ! Ma femme doit revenir d'une minute à l'autre. J'attends qu'elle soit là et je vous suis.

Le flic changea instantanément d'attitude. Il l'agrippa par le col de chemise et l'attira vers lui. Il se mit à parler vite, les dents serrées, les lèvres comme agitées d'un tremblement.

— On n'a pas que ça à faire, à te regarder jouer les seigneurs ! Tu nous suis. Un point c'est tout. Elle sait lire... Laisse-lui un mot, elle comprendra...

Guyot haussa les épaules et se résigna à enfiler son blouson. Le concierge nettoyait les escaliers. Il observa le groupe à la dérobée en continuant, machinalement, de passer la serpillière. Une Peugeot bleu nuit s'avança devant le hall. Un flic s'installa à l'avant et les deux autres le coincèrent à l'arrière. Ils empruntèrent la B 3 jusqu'à Bobigny et entrèrent dans la cité administrative par une sorte de porte de fortin, près de l'échangeur. La 505 se gara devant un préfabriqué grisâtre. Les policiers encadrèrent Yves Guyot, le conduisant dans une salle froide où flottait une odeur de médicament.

Le plus petit des flics, celui qui voyageait à l'avant, lui désigna une chaise, dossier et assise en bois clair, tubulure métallisée verte, posée devant un bureau au plateau constellé d'inscriptions, de dessins gravés.

— Asseyez-vous, le patron ne va pas tarder.

Des dizaines de cartons étaient empilés sous la fenêtre et des flancs éventrés de deux d'entre eux s'échappaient des brochures, des liasses de papiers, de vieilles cartes perforées. Il fit le tour de la pièce, se demandant quel service s'était vu affecter d'aussi tristes locaux. Il souleva des cartes postales épinglées à un mur, juste au-dessus de la trace sale laissée par un bureau déplacé. Le nom d'une quelconque secrétaire, un service identifié par son seul numéro, un code postal... Un autre préfabriqué semblable et inoccupé bloquait la vue après une courte pelouse rase. Il appuya son front au carreau glacé, la tête vide, et ferma les yeux. L'image de Ghislaine encombrée des deux mômes s'imposa lentement à son esprit. Il la voyait s'étonner, chercher le mot qu'il n'avait pas pris le temps d'écrire et, soudain occupé par ses pensées il ne l'entendit pas venir. La voix le fit sursauter.

— Approchez-vous monsieur Guyot.

Il se retourna d'un coup. Son interlocuteur s'était installé derrière le bureau et l'observait les coudes plantés sur le plateau, le menton posé sur ses poings fermés. Un homme d'une quarantaine d'années, massif, le visage carré, les traits durs. Yves Guyot remarqua la minuscule tache rouge qui ornait le revers de la veste, à gauche. Il fit pivoter la chaise qu'on lui avait offerte peu avant et s'assit, ne sachant trop pourquoi son cœur battait si rapidement.

— Je vous remercie d'être venu aussi vite... Je tiens avant tout à vous prévenir qu'il ne s'agit pas là d'une audition officielle. Je souhaite que nous ayons tout d'abord une conversation à bâtons rompus pour essayer de rapprocher nos points de vues. Le drame de l'autre soir tombe au plus mauvais moment et personne, vous en conviendrez, n'a intérêt à ce que son exploitation se transforme en une mise en cause des méthodes de la police... S'il était avéré que nous sommes en présence de manquements caractérisés aux ordres, aux procédures, je ferai en sorte qu'ils soient sanctionnés.

Yves Guyot s'appuya au dossier et leva la tête vers le flic dans une attitude de défi.

— Qui êtes-vous ? On me trimbale ici sans crier gare, à peine sorti du lit... Pas un mot d'explication... Qu'est-ce que vous voulez que je vous raconte de plus ! Adressez-vous au juge Berthier, il en a rempli des pages. Ou bien aux inspecteurs de la Police de l'Air et des Frontières : ils m'ont cuisiné pendant trois heures d'affilée... Je n'ai pas l'intention d'y changer quoi que ce soit.

Le policier agita la tête, imperceptiblement ; il souleva un pan de sa veste et posa sa carte officielle sur le bureau.

— Commissaire divisionnaire Darqué : je travaille pour l'Inspection générale des Services. La police des polices si vous préférez. On m'a chargé de rassembler un dossier sur la mort de Gérard Blanc... Une enquête administrative parallèle à l'enquête officielle et vous comprendrez que j'ai besoin d'obtenir mes renseignements de première main. Les gars de la Police de l'Air et des Frontières font leur métier, la justice le sien, il ne vaut mieux pas mélanger les genres...

— C'est vous qui le dites ! Le juge Berthier s'est empressé de confier l'enquête à la Police de l'Air et des Frontières alors que le flic qui a tiré sur nous en fait partie... Vous trouvez ça normal ?

Le commissaire rangea sa carte et tira une cigarette de son paquet qu'il tendit à Guyot.

— Vous fumez ?

— Non, j'ai arrêté. Quand on bosse sur l'aéroport, la moitié du territoire est interdite aux fumeurs... C'est plus simple de s'arrêter...

Darqué souffla sa première bouffée en toussant.

— Si je pouvais y arriver, ce ne serait pas du luxe... Le juge Berthier a tout simplement fait ce qu'il avait à faire. Il avait le choix entre charger de l'enquête la P.A.F. ou la gendarmerie. La gendarmerie s'occupe plus particulièrement des zones techniques, des pistes... Comme l'accident s'est produit dans la zone publique qui est placée sous la responsabilité de la Police de l'Air et des Frontières, ce sont eux qui ont hérité du bébé... C'est aussi simple que cela.

— Et si Gérard avait été tué par un gendarme près d'un hangar ou sur une piste, ce serait les gendarmes qui seraient sur le coup ! Vous croyez que je peux avoir confiance... Pour la reconstitution de cette nuit on n'a pratiquement rien retenu de mes dépositions... J'ai l'impression qu'on cherche à enterrer mon pote avant l'heure.

Quelques flocons minuscules dansèrent derrière les vitres et son regard se perdit à les suivre. La voix se fit douce.

— C'est pour cette raison que je suis là...

Yves Guyot fixa le divisionnaire. Il se força à sourire.

— Comme si j'allais plonger dans votre histoire ! Vous êtes un flic vous aussi... L'esprit de corps, ça existe ! Pourquoi chargeriez-vous votre collègue ?

— La question ne se pose pas de cette manière. Je dois remettre un rapport administratif sur la conduite des agents Leduc et Andrini... L'I.G.S. travaille en toute indépendance. Si j'en avais le temps je vous dresserais la liste des flics de base et des gradés que nous avons cassés au cours des deux dernières années... Elle est assez impressionnante.

Il se mit debout et commença à marcher de long en large derrière le bureau en tirant sur son mégot.

— On peut y aller ?

Yves Guyot haussa les épaules avant d'acquiescer sans enthousiasme.

— Oui, quand vous voulez...

Le commissaire divisionnaire s'immobilisa près de la fenêtre, le dos tourné à celui qu'il interrogeait.

— Depuis quand connaissiez-vous Gérard Blanc ?

Il ne prit pas le temps de réfléchir.

— Ça fait cinq ans... On s'est rencontrés au cours des premières semaines où j'ai travaillé sur Roissy... Il bossait aux Moyens Généraux d'Air-France. Il s'occupait de la maintenance des engins de piste... Moi, ils m'avaient installé pas loin de là, dans la cité, à côté de la gare S.N.C.F. Il lui arrivait de m'amener des pièces à traiter. Normalement ce n'était pas à lui de le faire, mais il dépannait un de ses potes de l'entretien qui lui renvoyait l'ascenseur dès que l'occasion s'en présentait. On a discuté ensemble. On s'est aperçu qu'on n'aimait, ni l'un ni l'autre, bouffer au self en bleu pour lui, en blouse pour moi. On préférait couper la journée en civil et avaler un morceau dans les aérogares. Quelquefois on allait jouer au tennis au bout de l'aéroport, sur la route de Meaux... Ça vous paraît crédible ?

Darqué ne prenait aucune note et n'avait pas sorti de magnétophone pour enregistrer les propos d'Yves Guyot, mais il écoutait le moindre propos avec la plus extrême attention, les yeux à demi fermés par l'effort de concentration.

— Je n'ai pas à en juger : je me contente d'écouter. Vous aviez quels horaires ?

— Une semaine quatre heures de l'après-midi jusqu'à minuit, la semaine suivante huit heures du matin jusqu'à quatre heures de l'après-midi. Avec chaque jour une heure de pause. Gérard bossait toujours dans la première équipe de nuit, de quatre heures à minuit... on se voyait une semaine sur deux... Je veux dire au boulot... Il habitait Sevran, à dix minutes de chez moi. On était amis...

Dehors, la neige tombait avec plus de force et la lumière du jour déclinait bien qu'on s'approchât de midi.

— Et vous, en quoi consistait votre travail ?

Yves Guyot se redressa sur sa chaise.

— Pendant près de trois ans je suis resté metteur au point... Mécano de luxe... J'en ai eu ma claque et j'ai suivi un stage sur les techniques nouvelles... L'informatique, le laser... Depuis un an je m'occupe d'hologrammes dans le service expérimental qu'Air France a créé. Il n'y en a pas d'autre en Europe...

Darqué eut une moue incrédule.

— Les hologrammes ? Je n'en ai jamais entendu parler ! Qu'est-ce que ça vient faire sur un aéroport ?

— Vous avez une carte de crédit ?

Le commissaire parut interloqué.

— Oui bien sûr... Quel rapport ?

Yves Guyot avait déjà sa propre carte Visa entre les mains. Il se leva pour allumer la lumière et fit jouer le rectangle de plastique sous les yeux du divisionnaire afin d'accrocher les néons.

— C'est ça un hologramme. Là, l'oiseau dans le carré argenté, à droite. C'est une photo en relief... Jusqu'à maintenant les faussaires n'ont pas trouvé la parade.

— Et à quoi ça sert dans les avions ?

— A des dizaines de choses... Les tableaux de bord, par exemple. Le pilote a toutes les indications dans l'espace, devant lui... Il s'agit tout bêtement d'une photographie au laser. Le procédé date de quarante ans mais on ne savait pas trop à quoi ça pouvait servir. Couplé à l'ordinateur, ça devient fantastique. Dans mon service, on vérifie l'usure des pièces de moteur, de réacteur. L'ordinateur possède les données des pièces originelles. On nous amène des morceaux d'Airbus, de Boeing au moment de la grande révision, on les holographie et l'ordinateur effectue la comparaison en trois dimensions... D'ici peu de temps on parviendra même à photographier l'intérieur des pièces pour détecter les fissures internes du métal. Il suffit de remplacer le flux de photons du laser par un flux de neutrons...

— C'est intéressant, mais je doute que ça ait beaucoup de rapport avec la mort de votre ami. Il y a une chose qui me tracasse : Gérard Blanc travaillait dans la zone centrale Est et vous à côté, à l'Unité Centrale... Je ne me trompe pas ?

Yves Guyot rangeait sa carte dans son portefeuille. Il répondit sans soulever la tête. Le commissaire ne voyait de lui qu'une boule de cheveux bouclés et la pointe du menton.

— Non. Je ne comprends pas ce qu'il y a de bizarre là-dedans...

— Rien, tout va s'expliquer, très certainement... Pourtant les événements se sont produits à l'autre bout de l'aéroport, à l'Ouest entre la zone d'entretien et la zone technique. Vous n'avez rien à faire là-bas normalement...

— On ne nous a pas tirés dessus dans une zone réservée, mais sur une route que n'importe qui utilise... Les employés de l'aéroport comme les voyageurs !

Le commissaire laissa le silence s'intaller, puis :

— A la différence près que vous sortiez des hangars d'Air-France... Il faut montrer patte blanche.

Guyot s'énerva.

— Et alors, c'est interdit ? On avait nos laissez-passer...

— Calmez-vous Guyot, ça ne sert à rien de crier avec moi, je ne suis pas sourd. Je suis d'accord pour les laissez-passer : vous aviez le vôtre et Gérard Blanc le sien... Par contre, la voiture n'était pas immatriculée au contrôle... Mes collègues ont vérifié ce point de détail : la DS 3743 HC 93 est inconnue des services de l'aéroport. Leurs registres font état, à votre nom, d'une Renault 11... Blanc quant à lui ne possédait pas de voiture. Alors ?

— La Renault était en révision, pour les 30 000... Je peux vous donner l'adresse du concessionnaire, il est installé à Villepinte, avenue du Loup. J'ai emprunté la DS du frangin de Ghislaine...

Darqué fronça les sourcils.

— Qui est-ce ? Une amie...

— Non, ma femme. Allez-y, téléphonnez, elle est à la maison ; elle garde des mômes...

— On a déjà interrogé le service des cartes grises : la DS appartient effectivement à Jean-Pierre Ravier et c'est le nom de jeune fille de votre femme. Mais ce qui m'intéresse, ce n'est pas ça : je voudrais bien que vous m'expliquiez comment on entre dans une zone réservée avec une voiture non déclarée au contrôle... Il faut un badge avec le numéro d'immatriculation, normalement. Et vous, en pleine vague d'attentats terroristes à Paris, alors que les flics sont en alerte dans tous les secteurs sensibles, vous parvenez à vous balader le long des pistes d'envol, en voiture, en passant au travers des mailles du filet ! Avouez qu'il y a de quoi s'étonner...

Le commissaire s'était approché de Guyot et le regardait d'un air bienveillant.

— Qu'est-ce que vous voulez que je vous dise ! Gérard et moi, on avait terminé notre service... On passait à tout hasard voir si un de nos copains, Robert Jantil était encore là... De temps en temps on mangeait un morceau ensemble...

— Il fait quoi Robert Jantil ?

Yves Guyot se fit la réflexion que, jusqu'à cet instant, le commissaire Darqué dominait le moindre mot de leur entretien. Il venait d'apprendre du nouveau car il jugea utile de noter le nom sur une feuille de papier vierge posée sur le bureau.

— Il cannibalise les Concorde...

— Quoi ?

— Il démonte des pièces sur deux « Concorde » hors service et elles sont remontées sur les zincs qui assurent la ligne Paris-New York... Quand on est arrivé, il venait de partir. Une chance pour lui : il serait monté à l'arrière et vu les trajectoires des balles...

— Il n'a pas de voiture ?

— Si, bien sûr. On avait l'habitude d'aller dans les restaus de l'aéroport. Dans la région il n'y a rien d'autre : c'est ça ou se payer trente bornes jusqu'à Paris ! Après on le ramenait à sa bagnole et chacun rentrait chez soi... Cela ne vous paraît pas logique ?

Darqué avait scrupuleusement reporté les paroles de Guyot sur son papier. La pointe du feutre tapota la feuille.

— Ce qui l'est moins, c'est que vous puissiez franchir les postes de contrôle sans être en règle.

— Ecoutez commissaire : ça fait cinq ans que je me trimbale dans ce foutu aéroport entre la rue d'Orient et la rue des Joncs ! Je connais les trois quarts des gens qui bossent pour les compagnies, les flics, les gendarmes, les douaniers. Nos gueules inspiraient autant de confiance qu'un autocollant plaqué sur un pare-brise. Lorsqu'on s'est pointé au contrôle le type nous a simplement dit : « Tiens vous avez changé de bagnole » et il a levé sa barrière... S'il avait fait des difficultés pour la DS, on l'aurait laissée à l'entrée et on serait allés voir Robert à pied...

Le principal cala son dos contre le dossier de sa chaise et fit rouler son stylo-feutre sur le bureau. Un sourire mince creusa les commissures de ses lèvres.

— Oui, ça pourrait se tenir... Le seul problème c'est que ce fameux contrôleur ne nous sert pas la même version : d'après lui Gérard Blanc lui a présenté un badge valable pour la DS. Malheureusement ce document n'a jamais été délivré par le service chargé de les établir... Vous avez peut-être une idée de sa provenance ?

— Vous ne me piégerez pas de cette manière...

Darqué souriait franchement, maintenant.

— Qui vous parle de piège ?... J'avance des faits, voilà tout. Vous me dites qu'on vous laisse vous promener en pleine nuit le long de la piste 1 sans pièces officielles, sur votre bonne mine : je prends note. Un agent de sécurité me déclare qu'il vous a livré passage après vérification de vos papiers : je prends note. On en tirera les conclusions plus tard et on verra qui dit la vérité. Peut-être tente-t-il de dissimuler une faute professionnelle... C'est possible... Et ce serait d'autant plus grave que la veille tous les postes de contrôle avaient reçu des consignes de fermeté liées aux menaces terroristes.

Yves Guyot se sentit soudain en déséquilibre. Ni le juge Berthier ni les enquêteurs de la Police de l'Air et des Frontières n'évoquaient le témoignage du vigile. Il ne l'avait même pas remarqué... Gérard Blanc conduisait et s'était arrêté à hauteur de la guérite. Il se souvenait que Gérard avait baissé la vitre pour signaler où ils allaient. C'était tout, puis la DS avait redémarré avant d'effectuer son demi-tour devant les hangars aux portes closes. Que faisait-il pendant ce temps. Il avait froid, la voiture ne chauffait pas vite et il se tenait recroquevillé sur le siège, la tête engoncée dans les épaules. Il se laissait aller, les pensées et le regard au point mort. Darqué revint à la charge.

— Alors, qu'en pensez-vous ?

Il jugea préférable d'éluder le sujet.

— Je n'y comprends rien, nous n'avions pas de laissez-passer pour la DS. Je ne vois pas pourquoi il prétend le contraire...

— Bien. On tirera ça au clair plus tard. Si je résume, en sortant du travail, un peu avant minuit, vous passez prendre Gérard Blanc...

Yve Guyot l'interrompit.

— Non, c'est lui qui passe me prendre : je lui avais prêté la voiture dans la journée, pour faire une course... C'est pour cette raison qu'il conduisait...

— D'accord, admettons. Vous empruntez la route de l'Epinette, la route de la Commune puis vous filez au travers de la zone technique par la route des Anniversaires. Vous enjambez l'autoroute du Nord après la station météo. Les hangars... Votre copain Robert...

Il consulta ses notes.

— ... Robert Jantil s'est déjà eclipsé et vous décidez de faire demi-tour... C'est bien ça ?

Yves Guyot plongea ses doigts dans ses cheveux et soupira.

— Oui... On est repartis en direction du pont de l'autoroute et c'est à ce moment-là que les flics nous ont tirés comme des lapins. Sans sommation.

— C'est ce que vous affirmez. Les deux policiers s'en tiennent à une version toute différente. J'ai une copie de leurs rapports sur moi...

Il tira de sa poche intérieure de veste une liasse de papiers qu'il se mit en devoir de trier.

— ... Voilà... Je vous lis le rapport du conducteur, Jean-Paul Andrini : « *La voiture a débouché à grande vitesse du périmètre d'entretien de la Compagnie Air-France, les feux éteints. Le brigadier Alain Leduc m'a alors ordonné de placer la Renault 11 de service au milieu de la chaussée et de mettre le gyrophare en fonction. J'ai obéi. Le brigadier est ensuite descendu afin de contrôler le véhicule qui s'avançait. Alors qu'il se plaçait en position la vitre avant gauche de la DS s'est ouverte et le conducteur nous a menacés. Le brigadier Leduc a fait feu à trois reprises dans l'intention de nous protéger...* » C'est clair, net, précis... Je relève deux affirmations essentielles : premièrement la voiture roulait sans phares ni lanternes, deuxièmement le conducteur a ouvert sa vitre et passé le bras à l'extérieur... Ça ne traduit pas un comportement de gens en paix avec leur conscience. A moins que vous ne déteniez une explication rationnelle... Je ne demande qu'à comprendre...

Le ton s'était fait sec, cassant, pendant la lecture des quelques lignes du rapport comme si le commissaire en prenait chacun des termes à son compte. Un ton de procureur. Puis il était redevenu patelin vers la fin, sollicitant la confiance, la confidence. Yves Guyot ne savait plus trop à quoi s'en tenir. L'homme qui lui faisait face était redoutable, il le pressentait. Plus intelligent que les inspecteurs de la Police de l'Air et des Frontières, plus fin, plus pervers que le juge Berthier. Il l'avait tranquillement laissé venir et titillé avec cette histoire de laissez-passer. Il le ferrait maintenant et ne le lâcherait plus tant qu'il n'aurait pas élucidé le problème de la vitre et des lumières. Guyot se jeta à l'eau.

— Les phares, ce n'est pas vrai... Le juge n'a pas voulu tenir compte de ce que je lui ai dit, pour la reconstitution. Il y en avait un qui fonctionnait. L'autre était tombé en panne... L'ampoule ou les fusibles, on n'a pas regardé...

— L'ampoule ou les fusibles : il faut choisir. Si ce sont les fusibles, les deux phares tombent en rideau et on revient à la case départ... Autant vous l'apprendre tout de suite, le vigile qui a contrôlé votre laissez-passer se rappelle très bien vous avoir demandé de mettre vos lumières. Sans succès... Nous recherchons d'autres témoignagnes... J'espère pour vous que certains abonderont dans votre sens... Et l'ouverture de la vitre, ça servait à quoi ?

Le commissaire Darqué avait contourné le bureau et s'était assis sur le plateau, un pied posé à terre, l'autre jambe repliée. La semelle heurta le bois, le racla.

— Alors, vous ne vous en souvenez plus ?

Yves Guyot souffla profondément.

— Bien sûr que si... Mais je me demande si ça vaut la peine que je donne mon point de vue... Vous sortez à chaque fois des témoignages contraires de votre manche. C'est ma parole contre celles de deux flics, d'un vigile et, pourquoi pas, de cinq ou six autres gus que vous allez débusquer dans les heures qui viennent ! Je suis crevé et je ne comprends pas où vous voulez en venir... Gérard a ouvert sa vitre à cause du phare avant gauche, celui de son côté, qui ne s'allumait pas... Il a dû voir les lumières de la voiture de police et il s'est penché à la fenêtre pour comprendre ce qui se passait... Tout s'est déroulé en une fraction de seconde... J'étais pas dans sa tête... En tout cas, il n'a jamais eu d'arme : la preuve, on l'accuse d'avoir menacé les flics mais on n'a pas retrouvé de flingue, rien...

Le divisionnaire se remit debout puis il vint se placer derrière Yves Guyot, les mains appuyées au dossier de la chaise. Le technicien n'osa pas se retourner. Il sentait le souffle du policier dans ses cheveux.

— Ça ne veut rien dire et d'abord ce n'est pas nécessaire. Le brigadier Leduc s'est estimé en état de légitime défense, état confirmé par le gardien Andrini. C'est suffisant. On retrouvera peut-être quelque chose : des spécialistes de la gendarmerie fouillent tout le secteur, centimètre par centimètre...

Le poids sur la chaise s'atténua et Guyot l'entendit marcher vers la porte.

— ... Si je résume votre position, vous maintenez être entrés, avec Gérard Blanc dans une voiture non déclarée et cela dans la zone des hangars, grâce à la complicité d'un vigile dont vous n'avez pas vu le visage...

Yves Guyot voulut protester.

— Je n'ai jamais prononcé le mot de « complicité »...

Mais le divisionnaire lui coupa la parole en haussant le ton.

— Taisez-vous, je n'ai pas fini. N'ayant pas trouvé un ami du nom de Robert Jantil, vous avez effectué un demi-tour et repris la direction de l'aérogare n° 1. Vous avez foncé, sans le vouloir, sur un barrage de police et cela à cause du mauvais fonctionnement des phares de la DS. Gêné par la mauvaise visibilité, le conducteur a ouvert sa vitre et passé le bras à l'extérieur, geste qui a pu être interprété comme une menace par les policiers postés au milieu de la chaussée. Vous êtes prêt à contresigner un texte de ce genre ?

Il avait posé la main sur la poignée de la porte dans l'intention évidente d'appeler une secrétaire.

— Je me fous de ce que pensaient les deux policiers. Je m'en tiens aux faits... Les phares déconnaient et Gérard a eu besoin de mieux voir... C'est tout ce que vous avez le droit de marquer sur votre rapport. Je ne signerai rien d'autre.

Dehors le ciel s'était encore assombri et il croyait apercevoir des flocons à travers les vitres sales. Il ne le vit pas fondre sur lui ; les doigts s'accrochèrent à sa nuque.

— Tu signeras, on ne t'en demande pas plus ! Il n'y a rien de déshonorant là-dedans : c'est exactement ce que tu viens de me raconter par bribes. Je me contente de résumer.

Yves Guyot remua la tête pour se dégager de l'étreinte.

— Lâchez-moi, vous êtes dingue !

— Davantage encore que tu l'imagines... On te connaît bien, Guyot, et ça nous embêterait de ressasser nos vieilles histoires... Surtout pour toi : la direction d'Air-France risque de faire la gueule en apprenant qu'un de ses techniciens de pointe effectuait des stages à Fleury-Mérogis avant d'être embauché... Tu as dû oublier de leur fournir ce genre de certificats de travail : les boîtes d'aviation ne plaisantent pas avec les biographies douteuses...

— Vous n'avez pas le droit ! Ce sont des conneries de jeunesse. J'ai payé, j'ai fait mon temps : depuis on n'a plus rien à me reprocher. Plus personne ne peut me jeter mon passé au visage : j'ai été amnistié en 1981. C'est effacé de mon casier judiciaire... Air-France me l'a demandé avant de m'embaucher. Il était vierge...

La pression se relâcha sur sa nuque mais Darquier lui maintenait la tête baissée.

— Tu as parfaitement raison, Guyot : c'est officiellement effacé mais on ne peut pas empêcher un journaliste accrocheur de vérifier le passé d'un témoin. Quelquefois ils tombent sur des gens qui ont de la mémoire... Tes affaires remontent à 1978 pour un deal de hasch et à 1979 pour un casse minable dans la supérette de Blois... T'as pris combien en tout, deux ans ?

La main du commissaire avait quitté son cou mais Guyot ne releva pas la tête. Il se mit à serrer les dents très fort afin de ne pas crier le dégoût qu'il s'inspirait en s'avouant la décision qu'il avait déjà prise.

— Trois ans... J'en ai fait deux et demi, jusqu'au 14 juillet 81.

La secrétaire entra, une machine à écrire portative au bout d'un bras, un dossier sous l'autre. Elle s'installa sur le bureau pour taper la déposition d'Yves Guyot, sous la dictée du commissaire divisionnaire Darqué. Un peu plus tard, le technicien apposa sa signature au bas du formulaire, près des mots inscrits « lu et approuvé ».

YVES GUYOT

8 janvier, 14 h 30

Puis ils avaient tous disparu, sans un mot, sans un regard. Il s'était senti sale, inutile, aussi vide et délabré que la pièce abandonnée de ce préfabriqué. Une file d'immigrés, des Africains, des Asiatiques, des Maghrébins attendait le 615 B de la T.R.A., dans le froid. Le bus le laissa à son terminus, gare d'Aulnay. Le 618 qui faisait la navette jusqu'à Sevran-Beaudottes stationnait juste à côté, le moteur en marche. Ses sièges accueillirent pratiquement tous les voyageurs partis de Bobigny. A part les banquettes du fond où une femme hirsute s'était installée avec son invraisemblable collection de sacs plastiques bourrés de vêtements usagés. Elle tenait sur ses genoux un cabas de toile rouge où s'inscrivait une phrase blanche : « I love shopping », love figuré par un cœur.

Il descendit devant le nouvel hôtel. La neige recouvrait les pelouses, s'accrochait aux aspérités des rares carrés de terre. Deux vieux, un couple en manteau, se lançaient des boules de neige en riant, de l'autre côté de la rue, vers l'entrée de l'hôpital.

Ghislaine et lui habitaient là, derrière le centre commercial dans un appartement qu'elle partageait, avant, avec Gérard Blanc. Ça n'allait pas très fort dans leur couple lorsqu'ils s'étaient liés d'amitié sur l'aéroport. Gérard était toujours à l'affût d'une occasion et elles ne manquaient pas. A l'époque Yves logeait dans une piaule, au rez-de-chaussée d'un pavillon, chez un postier dépressif qui balançait dans le jardin, depuis la fenêtre du premier, tout ce qui tombait en panne dans sa baraque : moulin à café, couteau électrique, jouets des gamins, transistor... Il procédait de même lorsqu'il remplaçait la télé ou la machine à laver et le carré de poireaux, de l'autre côté des rideaux, se transformait peu à peu en décharge individuelle. Les nuits d'alcool, quand le souvenir de ses années en Indochine le tenaillait il sortait son flingue et tirait dans la nuit sur le mur du fond en foutant « l'Internationale » au maxi sur son phono. Un jour le phono et le disque du « Chant du monde » s'écrasèrent sur l'arête rouillée d'un frigo. Peu après une équipe en blanc se pointa et l'emmena se reposer de ses cauchemars. Sa femme, une Espagnole ridée comme une pomme, avec qui Yves Guyot n'avait jamais échangé plus d'une phrase au moment de régler le loyer, lui conseilla de libérer la chambre... Un célibataire chez une femme seule, ça pouvait susciter les ragots... Il avait tout naturellement déménagé aux Beaudottes chez Ghislaine et Gérard, provisoirement, le temps de trouver un studio, mais ce fut Gérard qui boucla ses valises le premier, trois semaines plus tard à la suite d'une interminable engueulade dont il dut subir les éclats enfermé dans la cuisine avec pour seul recours un vieil exemplaire du « Quichotte ».

Peut-être aurait-il dû partir aussi ce soir-là... Gérard savait déjà où poser ses valises, lui non. Il ne leur avait fallu qu'une semaine pour admettre qu'il était plus facile de refaire un lit, le matin, au lieu de deux. Il se demandait souvent s'il l'aimait et même lors de leurs étreintes les plus passionnées les mots qu'elle attendait n'atteignaient pas ses lèvres. Il ne lui avait jamais parlé, non plus, de ces mois étirés entre les murs de la prison. Les souvenirs n'avaient pas droit de cité. Il hésita devant la porte, découragé par les cris des mômes. Il gagnait assez de fric maintenant pour qu'elle se passe de ce boulot mais elle disait s'être attachée aux gamins. Ghislaine n'était pas seule. Elle prenait le café en compagnie d'une grosse femme blonde au visage à demi masqué par une énorme paire de lunettes à la monture en plastique vert qui lui donnait l'air d'un batracien obèse. Une voisine. Elle venait régulièrement proposer une gamme de produits de beauté vendue exclusivement par la méthode du cercle de relation. Chaque palier de l'immeuble possédait sa vendeuse spécialisée : parfums, surgelés, produits ménagers, tuperware, bouquins, cassettes vidéo... Et il valait mieux passer à la caisse de temps en temps pour éviter d'affronter les regards lourds dans l'ascenseur. Ghislaine se leva pour l'embrasser.

— Tu veux un café, il est chaud. Je me demandais où tu étais...

Il répondit par une grimace et s'enferma dans la chambre malgré les enfants qui, voulant jouer avec lui, s'agrippaient à ses jambes. Il s'allongea sur le couvre-lit la télé allumée, pour se vider la tête. La série policière américaine où se mêlaient les voix de Starsky et Hutch, celles de Dallas, Santa Barbara fut interrompue par un flash spécial. Une bombe, la troisième en une semaine, venait d'exploser dans un cinéma. La ronde des gyrophares, les blessés sous leurs couvertures d'aluminium, le ministre de l'Intérieur répondant le visage grave aux journalistes : « la police ne se laissera pas intimider », toutes ces images habituelles ajoutèrent au suspense puis la fiction reprit son cours. Il avait envie de faire l'amour les yeux clos, silencieusement, trouver le refuge de son corps. Des échos de conversation lui venaient, derrière la porte, des rires et des odeurs d'eau de toilette, de laque. Il se souleva à peine quand la tête de Ghislaine apparut dans l'entrebâillement.

— Je ramène les deux garçons... J'en ai pour dix minutes... T'as l'air crevé...

Ses lèvres avancèrent dans le vide pour un baiser fictif.

— ... Essaie de ne plus y penser.

Il demeura prostré sur le lit, totalement absent de ce qui se jouait sur l'écran, incapable de fixer la moindre idée. Il s'endormit pour échapper au vide. L'affaissement du matelas sous le poids de Ghislaine le tira de son sommeil provisoire. Elle s'était assise près de l'oreiller et attira sa tête sur ses genoux. Yves Guyot frotta sa joue sur le tissu de la robe, le fit remonter très haut sur les cuisses et sa barbe naissante accrocha le soyeux des bas. Sa main se perdait déjà à la recherche de la frise de dentelle. Ghislaine la retint doucement.

— Fais pas l'idiot, j'ai mes règles... Je ne comprends pas ce qui se passe, je suis en avance...

Il se contenta de la caresser et la repoussa quand elle voulut le débarrasser de son pantalon.

— Je n'ai pas eu le temps de te prévenir, ce matin. Les flics sont venus me chercher...

— Je m'en suis doutée. La gardienne m'a parlé d'une Peugeot et de trois ou quatre types en civil... Ils n'en disent plus un mot aux infos de midi. Il y a du nouveau ?

Elle s'était relevée et se rajustait, debout devant la glace. Il se fit la réflexion qu'il n'avait jamais eu une aussi jolie fille. Elle était presque aussi grande que lui, à un ou deux centimètres près, fine, sportive, aussi à l'aise et désirable dans un jean que dans une robe de soirée. Il refusait de s'avouer que ce qui l'empêchait d'aimer Ghislaine tenait au fait qu'elle vivait, auparavant, avec Gérard. Un sentiment diffus de trahison, d'inceste... Elle se retourna et fit voler ses cheveux noirs sur ses épaules.

— Alors ? Tu ne m'as pas répondu...

— Je me suis fait cuisiner par un commissaire de l'I.G.S., la police des polices...

— Qu'est-ce qu'ils te voulaient ?

Il se redressa à son tour et la regarda dans les yeux.

— Il y a des trucs que j'ai toujours eu du mal à te dire...

Elle inclina la tête sur le côté, surprise, l'encouragea.

— Continue Yves... Parle, je t'écoute...

— Voilà, je t'ai raconté des histoires, des salades... Avant Air-France je ne me baladais pas à travers le monde... Les voyages, c'est après : un week-end à Dakar, une semaine à Rio, des occases, grâce à des copains pilotes... Autant que tu l'apprennes directement de ma bouche : j'ai écopé de trois ans de tôle pour plusieurs affaires, une de drogue, l'autre un hold-up...

Elle se laissa retomber sur le lit.

— Pourquoi me l'as-tu caché ? C'est idiot... Je m'en fous, je tiens à toi... Moi aussi j'ai failli faire des conneries, prendre de la dope. C'est Gérard qui m'a empêchée de plonger là-dedans. Ça s'est rapidement déglingué entre nous, mais il y a des choses qu'on n'oublie pas. Tu le sais : j'ai mis ma vie au clair devant toi, dès le premier jour.

Il se décida alors à aller jusqu'au bout de son aveu.

— Je n'ai pas le même courage que toi, Ghislaine... Ça n'a pas réussi à sortir, c'était trop dur. Le flic de ce matin était au courant... Il m'a fait comprendre qu'il valait mieux que je ne charge pas trop son collègue, celui qui nous a tiré dessus, si je ne voulais pas que les extraits de mon casier judiciaire atterrissent sur le bureau du personnel d'Air-France...

Ghislaine s'était immobilisée et le fixait, les yeux grands ouverts.

— Ils n'ont pas le droit... C'est du chantage !...

Le doute s'insinua.

— ... Tu ne t'es pas laissé faire, j'espère... Ils l'ont tué... C'est un assassinat...

Yves Guyot baissa la tête et resta silencieux de longues secondes. Sur l'écran de la télé un lion se jetait sur une gazelle.

— Ils sont plus forts que nous... On ne pèse rien entre leurs mains...

Elle quitta la chambre, les yeux gonflés de larmes. Guyot la rattrapa dans le salon.

— Ecoute, j'ai seulement limité la casse... S'ils me virent de ce boulot je suis fini... En plus, il ne s'agit que d'une enquête parallèle... Je tiendrai bon devant le juge, je te le jure.

— Tu te dégonfleras de la même façon... Comment peux-tu mettre en balance sa vie et ton travail ? C'était ton meilleur ami. Ils l'ont tué et tu le trahis... Je ne veux plus te voir... Va-t-en... Va-t-en tout de suite.

Il savait qu'il était inutile de discuter. Cette bataille, il l'avait déjà perdue le matin, devant le commissaire. Il bourra un sac de vêtements, préleva quelques cassettes et quelques livres sur les étagères puis tria ses papiers de ceux de Ghislaine. Passeport, carnet de vaccination, carte de Sécurité sociale, cartes de crédit... Ils ne parlaient jamais de fric et chacun tirait ce dont il avait besoin sur le compte joint, que ce soit pour le loyer, la bouffe ou les sorties. Cette habitude allait nécessairement survivre à leur séparation et il y trouvait un prétexte pour rêver d'un retour.

Le plastique de protection dont se servent les mécanos soigneux recouvrait encore le siège conducteur de la Renault 11. Il balança le sac gonflé sur la banquette arrière et démarra sans but précis. Les flics lui avaient recommandé de ne pas quitter la région parisienne, de signaler ses déplacements importants. Ses parents habitaient Saint-Ouen, un immeuble bizarre, à la façade faite de coursives dont les garde-corps métalliques que l'on apercevait du périphérique, imitaient des contours de voitures. La mairie les avait relogés là après que le pavillon rafistolé qu'ils avaient pratiquement construit de leurs mains eut été englobé dans un périmètre de rénovation. Ils s'y faisaient peu à peu. Le chien beaucoup moins. Il était devenu caractériel et ne pissait que contre le mur de l'entrée. Les coups, les cris, rien n'y remédiait. La mère avait fini par planter des clous pour suspendre des serpillières qu'elle venait changer dès que Black avait levé la patte. Ils n'avaient jamais eu le courage de le visiter en prison. Yves Guyot ne leur en voulait pas mais les maigres liens qui le rattachaient à sa famille s'étaient distendus. Les mots « père » et « mère » avaient perdu leur pouvoir d'émotion, étaient devenus aussi abstraits que les mots « cendrier » ou « stylo »... Eprouve-t-on de la haine pour un cendrier? Mieux valait débarquer chez de véritables étrangers.

Les visages, les noms défilaient dans sa tête tandis qu'il roulait vers Parinor. Pour chacun il s'imaginait le doigt sur la sonnette, son sac posé sur le paillasson, demandant l'asile d'une semaine.

— Tu comprends, après ce qui est arrivé, c'est tendu avec Ghislaine... Tu peux m'héberger une semaine ou deux, le temps de me retourner?

Il ne fit aucune tentative et se limita à cette simulation. Il ne se sentait pas le courage d'affronter les sourires crispés, les mouvements d'épaule indécis, les regards naufragés interrogeant le silence des femmes. Des ouvriers plantaient une forêt sur les terrains nus qui faisaient face à Citroën et la gare d'Aulnay disparaissait presque derrière le rideau d'arbustes. Il bifurqua à droite pour grimper sur le pont et se plaça sur la file qui roulait en direction de Lille. La première sortie, avant le péage, donnait le choix entre Tremblay et Roissy.

YVES GUYOT

8 janvier, 18 h 45

Il gara la voiture au troisième niveau, sur l'aérogare n° 1. Des C.R.S. étaient postés tous les cent mètres autour du bâtiment. D'autres inspectaient les véhicules stationnés sans lâcher les courtes mitraillettes qu'ils tenaient au côté. Il prit l'ascenseur. Un flic gardait chaque porte de l'immense cylindre et son cœur se mit à battre très fort quand celui qui s'encadra devant l'ascenseur lui demanda d'ouvrir son sac. La fouille dura quelques secondes.

— Vous allez où ?

Yves Guyot jeta un regard inquiet au tableau électronique et annonça la première destination qui se présentait à lui.

— Zagreb... Pour affaires...

Le flic lui souhaita bon voyage avant de fourrer son nez dans les valises d'un gros type à lunettes qui avait empesté l'ascenseur en tirant comme un malade sur son cigare. Il n'avait rien avalé depuis le café du matin. Pas vraiment faim, mais le léger mal de tête qui agaçait sa tempe droite lui rappelait qu'il devait se forcer à manger quelque chose s'il voulait éviter que la douleur se généralise. Il acheta France-Soir et le Monde au kiosque, machinalement, sans même accorder un regard à la vendeuse et emboîta le pas à un groupe de jeunes gaillards qui s'interpellaient en anglais. Ils marchaient tous de la même façon, sans presque poser les talons par terre, comme mûs par des ressorts. Il opta pour une équipe de basket et les quitta en passant devant le « Grill Rapid ». Le restaurant situé en renfoncement dans la galerie était à moitié vide. Les serveuses serrées dans des tabliers vichy, coiffées de ridicules chapeaux roses en forme de brioches, traînaient les pieds d'un client à l'autre, derrière le comptoir circulaire. Elles récupéraient la fatigue du midi ou économisaient leurs forces en prévision de celle du soir. Il s'installa à deux places d'un type impeccablement chauve qui se débattait avec la feuille de salade sur laquelle peu avant reposait son steak. Il parvint à la plier en quatre dans un coin de l'assiette en s'aidant de la pointe du couteau et l'empala d'un coup sec sur sa fourchette. Sa langue fit un aller retour entre ses lèvres et il avala le morceau de verdure en poussant un imperceptible soupir de soulagement.

Yves Guyot commanda un steak tartare, un coca et se plongea dans la lecture des journaux en attendant qu'on le serve. France-Soir consacrait l'ensemble de sa première page à l'explosion dans le cinéma, une photo d'apocalypse surmontée d'un titre en caractères énormes : « LA GUERRE. » Les visages des dix victimes étaient rassemblés en mosaïque, plus bas, près de l'éditorial qui parlait de vengeance. Il feuilleta le journal, lisant le moindre titre, la plus petite accroche, l'entrefilet le plus enfoui et dut se rendre à l'évidence : la mort de Gérard ne valait plus un gramme d'encre. L'attentat qui venait de détruire l' « Olympic-Entrepôt » occupait également l'essentiel de la Une du Monde qui y décelait un avertissement direct au chef de l'Etat dont, précisait un journaliste, un vague neveu présidait aux destinées du ciné visé. Il ouvrit directement le quotidien aux pages centrales pour s'arrêter sur la rubrique « Société ». Ce qu'il cherchait se trouvait coincé entre deux colonnes relatant le procès d'un spécialiste des termites accusé du meurtre de sa femme et l'épisode journalier du feuilleton « Carrefour du développement ». L'article, de la valeur de deux feuillets s'intitulait : « *Nouveaux témoins dans l'affaire de Roissy.* » Il lut : « *Au lendemain de la reconstitution des événements qui aboutirent à la mort de Gérard Blanc sur l'aéroport de Roissy (Le Monde des 6 et 7 janvier), le juger Berthier vient de recevoir deux précieux soutiens avec les témoignages de Gilles Carpo et de Catherine Girard. De nombreux observateurs émettaient en effet des doutes sur le parti pris supposé du juge d'instruction qui semblait privilégier la thèse de la légitime défense invoquée par le policier Alain Leduc et ses défenseurs alors même qu'elle n'était pas clairement établie...* »

— Vous pouvez pousser votre journal que je vous serve...

Il leva les yeux sur le chapeau brioché, bougonna une excuse. La fille déposa le tartare, les sauces en haussant les épaules. Il reprit la dernière phrase à son début car l'excès de prudence du rédacteur en brouillait le sens. En clair le juge avait raison dès le début, même s'il ne pouvait pas le prouver !

« *... Jusqu'à maintenant le juge Berthier ne disposait que de deux versions de l'incident qui coûta la vie à Gérard Blanc : celle des policiers Leduc et Andrini, celle du passager de la voiture Yves Guyot et l'on sait que des différences notables existent entre ces deux versions. Les dépositions décisives sont venues d'Australie et ont été enregistrées à l'ambassade de France de Camberra ! Un couple d'industriels français installé dans ce pays, M. Gilles Carpo et Mme Catherine Girard, s'est spontanément présenté aux services de l'ambassade pour déclarer avoir transité par l'aéroport Roissy-Charles de Gaulle dans la nuit du 5 au 6 janvier. Ils ont pu présenter divers* *documents (billets d'avion, notes d'hôtels...) à l'appui de leurs dires. Un premier avion les a débarqués à Roissy en provenance de Dakar le 5 janvier à 21 heures, le second pour l'Australie, ne décollant que le 6 janvier à 4 heures du matin, le couple a loué une chambre à l'hôtel Artel situé dans le périmètre de l'aéroport à proximité de la zone d'entretien. C'est de la fenêtre de cette chambre, la 715, qu'ils ont assisté à l'ensemble de la scène. Il semble définitivement établi que la DS conduite par Gérard Blanc roulait sans feux et que la voiture de police était placée au travers de la chaussée, le gyrophare en marche. Il reste maintenant aux enquêteurs à comprendre pourquoi un employé sans histoire et au passé judiciaire sans tâche s'est comporté de telle manière à la vue d'un barrage de police qui prenait place dans le renforcement du dispositif de sécurité lié à la vague d'attentats que connaît la capitale. »*

La viande avait comme un goût de fer, de rouille. Il la noya sous les sauces et les condiments puis l'ingurgita sans plaisir en accompagnant chaque bouchée d'une gorgée de coca. Une heure plus tard, alors qu'il discutait à l'accueil de l'hôtel, des renvois lui venaient qu'il avait du mal à retenir. Il s'était décidé sous le coup d'une brusque inspiration tandis qu'il arpentait les couloirs de l'aérogare sans trop savoir où diriger ses pas. Le même flic près du même ascenseur avait plongé sa main dans le sac, remué les cassettes, les livres, soulevé le linge avant de lui laisser le passage. Il avait encore fallu montrer patte blanche à la sortie du parking et il observa que chacun acceptait de se soumettre aux contrôles sans élever la moindre protestation. Il avait contourné la tour de la station météo, longé les pistes secondaires qui toutes rejoignaient la piste numéro 1, au loin. L'hôtel Artel, un parallélépipède de sept étages en béton précontrain, une architecture massive et sans grâce, se cachait derrière un mouvement de terrain, une colline ronde à la maigre pelouse défoncée par les terriers de lapins et qui servait de mur anti-bruit. L'aéroport disposait de deux autres hôtels de catégories supérieures, l'Arcade et le Sofitel, et celui-ci était venu s'y ajouter au moment de la construction du second aérogare. Le hall baignait dans une lumière orangée qui filtrait des lattes en bois du faux plafond et une musique de supermarché jouée en sourdine traînait sur la moquette grise, les murs recouverts de tissu caoutchouteux et sur les gens en attente, debout, les jambes écartées au-dessus de leurs bagages. Yves Guyot se fit la réflexion qu'il entrait dans un aquarium. Il s'accouda au guichet, face au tableau des clefs, l'estomac travaillé par le tartare. Le réceptionniste était aux prises avec un homme, un Brésilien très certainement, qui exigeait de régler sa note dans sa monnaie nationale et discutait le cours du cruzeiro... Un coup de fil à l'agence de la « Banco Popular do Brasil » dont l'employé dégota le numéro en pianotant sur son minitel mit un terme au conflit. La parité s'établissait bien à 0,007 franc. Le Brésilien fataliste allongea ses billets sur le comptoir. Le jeune type en uniforme violet inscrivit longuement le détail de la transaction sur un registre, contempla son œuvre, satisfait, et releva enfin la tête.

— Vous désirez ?

— Il vous reste une chambre ?

Le réceptionniste esquissa un sourire qui se limita à un étirement de la bouche.

— Simple ou double ?

— Simple, je suis seul... Il est possible d'avoir la 715 ?

L'employé ne marqua aucune surprise, blindé qu'il était par les milliers de questions sans intérêt auxquelles il répondait machinalement depuis dix ans qu'il exerçait ce métier. Certains clients ne supportaient pas de passer une nuit dans des chambres aux murs tendus de papier rose, vert ou bleu, à croire qu'ils dormaient les yeux ouverts, la lumière allumée. D'autres exigeaient d'être réveillés toutes les deux heures ou ne pouvaient déjeuner le matin que si le café était à 45° ! Il posa son regard vide sur Guyot en se persuadant qu'il avait affaire à un fétichiste du chiffre 715.

— Désolé Monsieur, elle n'est pas libre...

Son professionnalisme lui dicta de se rapprocher le plus possible des désirs du client. Il examina la liste des réservations.

— ... Si vous le voulez, je peux vous proposer la 615, c'est exactement la même, un étage au-dessous.

Guyot accepta. Il remplit la fiche de police en s'inventant un nom, François Buzon, celui du personnage d'un bouquin qu'il avait lu quelques jours plus tôt, alors que près de lui dans le lit, Ghislaine peinait sur les mots croisés de « Femme Actuelle ». Les touches du tableau digital de l'ascenseur s'allumaient au fur et à mesure de la montée en faisant entendre un son à chaque étage plus aigu. Le sixième correspondait au « si » puisque l'hôtel possédait un parking en sous-sol. La chambre se trouvait sur la droite, vers le milieu du couloir. Un lit, un placard intégré, une télé, une salle de bains pas beaucoup plus spacieuse qu'un chiotte. Il balança son sac sur le lit, s'y allongea. Ce n'est que bien plus tard, la nuit tombée et alors que le phare d'un avion se préparant à atterrir balayait les rideaux tirés qu'il se releva et se mit à la fenêtre. De minuscules flocons de neige flottaient dans le rond de lumière des réverbères et le vent dispersait la fine couche blanche sur les parkings. Il n'eut pas immédiatement une claire conscience de ce qui clochait. Comme une pièce de puzzle qui se placerait dans deux sens... Un léger décalage, une tension, un raccord de couleur imperceptible mais insatisfaisant qui perturbait l'ensemble. La façade de l'hôtel était orientée au Sud-Ouest et devant, à une centaine de mètres, se dressaient les hangars de la compagnie U.T.A. puis, un peu plus loin sur la gauche, ceux d'Air-France dont il n'apercevait que les toits et la moitié supérieure des cloisons. Il suivit des yeux leur parcours invisible, l'arrêt devant la guérite, le demi-tour devant les lourdes portes du garage à « Concordes », la guérite à nouveau, la DS qui l'élançait sur la route cachée par les toits d'U.T.A... Il ouvrit la porte-fenêtre pour accéder au balcon. Le froid et le bruit infernal des réacteurs inversés le clouèrent sur place. Il s'approcha de la rambarde d'aluminium la tête rentrée dans les épaules, les paupières pratiquement closes ne laissant qu'une mince ouverture devant laquelle brillait une rangée de cils. Il se dressa sur la pointe des pieds, gagna quelques centimètres en prenant appui des mains sur la balustrade. L'Airbus virait en bout de piste vers le Mesnil-Amelot, ses moteurs calmés. Et c'est là qu'il comprit ce qui ne cadrait pas, alors que le froid du métal collait à ses paumes : on ne pouvait voir le trajet de la DS depuis la fenêtre de la chambre 615 ni le lieu où se tenaient les flics ! Tout juste si en étirant le cou on devinait la tache de lumière qui entourait le plan lumineux près duquel Gérard Blanc avait fini sa vie.

YVES GUYOT

8 janvier, 22 h 15

Il fallait absolument qu'il vérifie par lui-même. Il rechaussa ses boots et remonta le couloir, vers l'ascenseur. Il appuya sur le bouton d'appel, maintenant la pression de son pouce jusqu'à l'arrivée de la cabine. Un Algérien vêtu d'une blouse bleue en sortit, traînant sans peine un volumineux sac poubelle gris dans lequel il commença à déverser le contenu du premier cendrier sur pied qu'il rencontra sur son chemin d'habitude. L'index d'Yves Guyot se bloqua sur le chiffre sept mais la machine semblait refuser d'enregistrer son ordre. Il le réitéra sans plus de succès. L'Algérien avait accompli le tour du palier. Il revenait à son point de départ, accompagné par le bruissement du plastique sur la moquette. Il entra dans l'ascenseur et s'adossa à la glace du fond.

— Alors qu'est-ce qu'il se passe ? Ça ne démarre pas...

— Non... Dix fois que j'appuie sur le bouton du septième... J'ai l'impression qu'il ne veut rien savoir !

L'employé de l'hôtel programma le rez-de-chaussée.

— Si vous cherchez à aller au septième, alors là c'est normal qu'il ne vous réponde pas... C'est bloqué, il ne va pas plus haut... Sixième terminus.

Les portes s'étaient refermées sans bruit et le tableau égrenait ses notes d'étages decrescendo.

— Comment ça « sixième terminus » ! Il existe bien un septième étage dans cet hôtel. Vous passez par où pour vider les cendriers... Par l'escalier ?

Ils venaient d'arriver au rez-de-chaussée. Les portes s'ouvrirent sur le hall orangé et l'homme d'entretien traversa une foule de Japonais pressés de gagner leurs chambres. Yves Guyot fut emporté par le flot, plaqué contre la glace et repartit vers le haut. Parvenu à son étage il vérifia les accès à l'escalier de secours. Celui qui donnait sur le cinquième était libre mais l'autre, vers le septième, était condamné par une barre et un verrou. Il souleva la serrure, la soupesa comme si ce geste machinal allait lui donner la réponse aux questions qu'il se posait. Il regagna sa chambre qu'il traversa pour se retrouver sur le balcon. Il se pencha du maximum qu'il put, le visage tourné vers le ciel, s'efforçant d'apercevoir les fenêtres de l'étage supérieur. En désespoir de cause il s'assit sur la rambarde, accrocha le bord de la baie vitrée avec le dessus de ses pieds et se laissa partir précautionneusement en arrière, les doigts agrippés aux barreaux, sous ses cuisses, les reins tendus. Aucune des lumières du septième n'était allumée : l'étage entier semblait inoccupé. Pour en avoir le cœur net il prit une nouvelle fois l'ascenseur musical et déboucha dans la vaste salle du bas alors que l'employé qui l'avait réceptionné faisait prestement glisser vers lui un billet qu'une femme rousse venait de poser sur le comptoir. Yves Guyot s'installa près d'elle. Ses vêtements, sa peau, sa bouche s'imprégnèrent instantanément de l'odeur lourde du parfum dans laquelle elle évoluait. Elle semblait très jeune, vingt ans peut-être, et cachait ses traits encore adolescents sous un maquillage excessif. Il sentit le regard froid, professionnel, évaluant les intentions du client potentiel et n'y fut pas insensible. Le réceptionniste avait fini de planquer le billet sous l'étagère. Il exhibait une face neutre lavée de toute trace de gêne ou de contentement, la même qu'il présentait à tous ceux qui s'accoudaient à son guichet.

— Bonsoir monsieur. Vous avez besoin de quelque chose ?

La femme rajusta son manteau de fourrure en le tirant par le col et s'éloigna dans le hall. Ses talons claquèrent sur le chemin de dalles qui conduisait au bar.

— Non, rien...

Il s'éclaircit la voix pour se donner une contenance. L'autre attendait, impassible.

— ... Ce qui me tracasse c'est que tout à l'heure, quand je vous ai demandé une chambre, la 715 n'était pas libre...

Le réceptionniste croisa ses mains sur son ventre en écarquillant très légèrement les yeux. C'était la seule manière qu'il avait trouvée pour marquer son exaspération, sans fournir aux clients le moindre prétexte de se plaindre à la direction. Celui-là encore il l'avait bien jugé dès la première minute. Le fétichisme du 715 ! Deux, trois fois par an il tombait sur des superstitieux, des couples surtout, qui exigeaient le 7 ou le 13. Une bizarrerie normale, acceptable. Il se promit de se renseigner sur la signification profonde du 715, à moins que ce type court sur pattes peigné à l'afro ne se soit forgé sa propre religion. Peut-être avait-il passé sa nuit de noces derrière une porte marquée de ce chiffre ou venait-il d'empocher un tiercé millionnaire avec le 7 gagnant, le 1 et le 5 placés ! Allez savoir...

— En effet monsieur, le 715 n'est pas libre sinon je me serais fait un plaisir de vous en remettre les clefs.

Yves Guyot se tortilla sur place.

— Elle n'est pas libre, pourtant j'ai l'impression

qu'il n'y a personne dedans... L'étage entier est vide. Pas une lumière.

— C'est exact monsieur. Je ne vous ai pas affirmé que la chambre 715 était « occupée » mais simplement qu'elle n'était pas « disponible ». Il en est de même pour l'ensemble du septième étage.

— Vous voulez dire que vous ne louez rien au septième ?

L'employé esquissa un sourire teinté d'ironie.

— Vous avez bien compris, monsieur.

Yves Guyot sentit son cœur s'agiter dans sa poitrine.

— C'était la même chose dans la nuit du 5 au 6 janvier ?

— Bien entendu... Nous pratiquons ainsi depuis la mise en service de l'hôtel. Le septième étage est condamné. Il possède même une entrée distincte de celle de l'hôtel, sur la façade arrière. La chambre 615 vous donne toute satisfaction j'espère...

Guyot réfléchissait intensément. La scène décrite par les deux industriels français à l'ambassade de Camberra était invisible du sixième, masquée par les bâtiments d'U.T.A. Du septième, avec un peu de chance, le regard pouvait plonger sur la route. Malheureusement aucun client n'y avait accès !

— Ça vous sert à quoi d'entretenir tout un étage pour rien ? Il y a des problèmes, des défauts de construction ?

Le réceptionniste devint réticent. Il profita de l'entrée de deux Hindous en costumes gris, cravates, attachés-cases, turbans, pour rompre la conversation. Il revint après l'échange des fiches et des clefs et se pencha vers Guyot, étouffant sa voix.

— C'est retenu à l'année par la préfecture de police... La direction préfère que la clientèle l'ignore... Je ne peux pas vous en dire plus.

Il avait abandonné les « monsieur » qui ponctuaient chacune de ses phrases auparavant, signifiant ainsi qu'une certaine complicité s'établissait avec son interlocuteur. Yves Guyot jeta un regard circulaire sur le hall désert. Il exhuma une coupure de cent francs de sa poche, la défroissa puis la posa devant l'employé.

— Ils réservent l'étage pour qui ? Ils ne viennent pas avec leurs gamelles et leurs draps j'imagine ? Le personnel est au courant, non ?

— Moins on en sait et mieux ça vaut dans ce genre de truc...

Le billet avait rejoint celui de la rouquine, sous le registre.

— Je m'en contenterai. Alors ?

Il lui fit signe de le rejoindre au bout du comptoir, à l'abri des regards.

— C'est pas un secret mais ils ont peur que ça porte tort à la réputation de la chaîne Artel si l'information circule trop. La préfecture de Bobigny, ou le ministère de l'Intérieur, enfin c'est la même chose, se sert des piaules pour garder les immigrés en situation irrégulière, le temps qu'ils trouvent un zinc pour les embarquer... Les gars arrivent le matin ou le soir et c'est rare qu'ils y restent plus d'une journée... Ils ont choisi l'Artel parce que c'est l'hôtel le plus pratique de l'aéroport : l'arrière du bâtiment est à cent mètres des pistes. Ils les font descendre par le monte-charge, l'entrée des fournisseurs ! Et un bus les attend pour les conduire jusqu'à l'avion. Discrétion assurée... C'est surtout des Noirs et des Arabes... Des clandestins qui se font piquer sans papiers... Certains jours ça dépote... Ils en bourrent cinq, six par piaule puis pendant des semaines il ne se passe plus rien.

— En ce moment c'est calme ?

Sa main se leva. Il l'agita à l'horizontale, doigts écartés.

— Moyen. Ils ne s'en sont pratiquement pas servis pendant quinze jours et l'autre soir, tout d'un coup, c'était l'affluence... Heureusement que l'immeuble est bien insonorisé : il paraît qu'ils ont gueulé jusqu'à deux heures du matin... Un policier de la Police de l'Air et des Frontières m'a raconté qu'il a fallu les menotter deux par deux pour les amener à l'avion !

— C'était quand exactement ?

Le réceptionniste maîtrisa un bâillement et papillonna des paupières pour chasser l'humidité de ses yeux.

— Pas la nuit dernière ni celle d'avant... Donc la nuit du 5 au 6 janvier. Attendez, je vérifie...

Il retourna à sa place et compulsa le registre puis revint face à Guyot son livre grand ouvert dans les mains.

— ... Oui, je ne me trompe pas... C'est bien la nuit du 5 au 6. J'ai des raisons de m'en souvenir : on a été envahis par une armée de mannequins. Une présentation de collection à New York. Des filles superbes... On ne savait plus où donner de la tête. Elles sont à peine restées trois heures, à se balader dans les couloirs et à rire comme des folles, sans même défaire les lits ! Leur boîte a payé cash.

Yves Guyot avait les mains moites. Il les essuya sur son pull.

— Et vous êtes sûr qu'il n'y avait pas de Français là-haut, au 715 ?

— Non, pas un. A part les C.R.S. et les gars de la P.A.F. qui vérifient les papiers d'embarquement. Cette fois je crois bien qu'il s'agissait de Maliens. Toute une charrette !

— O.K., je vous remercie. Le bar est encore ouvert ?

Le réceptionniste se redressa. Il reprit aussitôt son allure d'employé obséquieux.

— Oui monsieur. Il ne ferme pas de la nuit.

Il commanda un martini-gin, un apéritif qu'il avait pris l'habitude de boire à n'importe quelle heure. La rouquine fumait consciencieusement devant un alcool ambré. Elle s'approcha.

— Vous êtes seul ?

Guyot avala le contenu de son verre, d'un trait.

— Non : je me sens seul. Chambre 615... Tu me rejoins ?

Elle planta sa cigarette tout juste entamée sur le bord du cendrier.

— On peut y aller ensemble comme des amoureux : François est un ami, il ne s'en formalisera pas.

Il la prit rageusement contre la porte en se mordant les lèvres jusqu'au sang, le nez enfoui dans la fourrure à l'odeur mêlée de naphtaline et de parfum. Puis il se déshabilla sans prononcer une parole tandis que la fille se rajustait et s'endormit en se reprochant de n'avoir pas appelé Ghislaine.

YVES GUYOT

9 janvier, 8 h 10

La neige tombée en abondance pendant toute la nuit uniformisait le paysage de hangars, de parkings qui s'étendait en contrebas, jusqu'aux champs, derrière le vieux village de Roissy. Des pelleteuses dégageaient les pistes, en ponctuant les abords d'égaux monticules de neige sale. Yves Guyot s'habilla à la hâte sans prendre le temps d'une douche. Le parfum de la fille imprégnait encore son pull, sa chemise. Il en ressentit un léger écœurement. Un énorme bonhomme aux joues mangées par des favoris proliférants occupait la place de « François » derrière le guichet. Son complet aux couleurs d'Artel faisait des efforts désespérés pour ne pas exploser sous la pression des chairs comprimées. Le blanc du fil apparaissait dans les coutures tendues à se rompre. Il lui régla sa note et demanda le numéro de l'Agence France Presse que le sosie de Emil Jannings rechercha sur le minitel en tapotant précautionneusement avec son index hypertrophié. Yves Guyot téléphona de l'une des coquilles du hall pour s'entendre répondre que l'Agence était en grève illimitée. La journaliste en arrêt de travail l'écouta néanmoins débiter son histoire et lui conseilla de se mettre en rapport avec S.O.S. racisme. Il essaya mais la sonnerie ne rencontra que le vide. A tout hasard il appela l'ambassade du Mali et tomba sur une voix d'Africain.

— Il n'y a encore personne dans les bureaux. Rappelez plus tard. Moi je ne suis que le gardien.

— Vous pouvez peut-être me renseigner...

— Oh ça m'étonnerait... C'est très spécial comme travail ici. Très compliqué.

Yves Guyot fut sur le point de raccrocher. Il se ravisa.

— Je cherche des informations au sujet des Maliens qui ont été expulsés dans la nuit du 5 au 6 janvier... L'avion est parti de Roissy Charles de Gaulle...

Le gardien de l'ambassade l'interrompit.

— Ah oui, ça je me rappelle. J'ai lu un article dans l'*Essor.*

— L'*Essor?* C'est quel journal? Où peut-on le trouver?

— L'*Essor de Bamako.* Ça n'existe pas en France... On le reçoit ici à l'ambassade. Qu'est-ce que vous voulez savoir exactement? Il est là, dans le tiroir. Je le sors.

Yves Guyot entendit le son caractéristique que produit un écouteur que l'on pose sur un bureau puis des bruits de tiroirs que l'on ouvre, de papiers remués. Il attendit que l'Africain reprenne le combiné.

— Ce qui m'intéresse, c'est de savoir d'où ils venaient... Dans quels quartiers ils se sont faits ramasser par la police. Votre journal dit quelque chose à ce sujet?

Un grand brassage de feuilles froissées.

— L'article raconte qu'ils venaient presque tous de Seine-Saint-Denis. Des foyers d'Aubervilliers et de Montreuil... Ils n'avaient pas de papiers pour rester en France... La police en a même retrouvés qui s'étaient cachés dans les chambres froides du foyer, un autre dans le congélateur, tellement ils avaient peur. Et pour qu'un Malien rentre dans un congélateur, il faut vraiment qu'il soit en face du diable...

— Ils ne précisent pas les noms des foyers ?

— Pour Aubervilliers si : le foyer des Fillettes.

Il le remercia puis se dirigea vers le bar où il avala un café tiède coincé entre une sorte de Texan qui buvait un jus de tomate du bout des lèvres, le chapeau coincé sur le crâne, et un vieux couple de fabricants provinciaux qui venaient préparer leur stand pour le salon du jouet de Villepinte.

Toutes les voitures garées devant Artel disparaissaient sous une couche de dix centimètres de poudreuse. Il repéra la sienne à un morceau lisible de plaque minéralogique et s'activa un bon quart d'heure avant de rendre la Renault utilisable. Il contourna l'hôtel. Tout le secteur de la fusillade était envahi par des flics armés de courtes pelles qui remuaient la neige, carré après carré, à la recherche du flingue que Gérard Blanc aurait dû tenir à la main. Sur l'autoroute du nord il se retrouva bloqué derrière une armada de sableuses, trois mastodontes qui avançaient de front, au pas, entourés d'une kyrielle de 4L orange dont les gyrophares envoyaient des éclairs rouges qui coloraient la neige fraîche. Il mit trois quarts d'heure pour atteindre la sortie du Bourget. Aux Quatre-Chemins un chauffeur de taxi lui indiqua la direction de Landy, quartier dans lequel était situé le foyer des Fillettes. Tout semblait se liguer contre lui, la météorologie, les équipes de déneigement et maintenant les Ponts et Chaussées ! On remplaçait le tablier du pont sur le canal Saint-Denis. Il lui fallut se perdre dans un dédale de petites rues lépreuses, remonter des boulevards gris envahis de camions, longer les quais surveillés par des grues immobiles pour enfin récupérer la rue du Landy à cent mètres du départ de la déviation. Le foyer était caché en renfoncement dans une longue rue bordée d'un côté par un interminable mur d'usine en briquettes rouges et de l'autre par une série d'entrepôts anonymes. C'était une de ces bâtisses élevées en trois mois sur des fondations hâtives, un jeu de cubes préfabriqués qui avait perdu son air neuf à la première pluie. Des carcasses de voitures, des breaks Peugeot surtout, baignant dans des mares d'huile sombres encombraient le minuscule parking. Des occases pourries achetées pour une poignée de billets et qui terminaient là leur parcours avec les rêves rouillés de ceux qui avaient cru leur faire franchir la Méditerranée. Il gara la Renault plus loin, sur le trottoir, derrière un J7 accidenté. Il croisa un groupe d'Africains silencieux engoncés dans des manteaux bon marché au bas desquels flottait le tissu coloré des boubous et qui l'observaient à la dérobée. Le hall sentait la cuisine, les aromates, une odeur agréable qui contrastait violemment avec le cadre catastrophé, les dalles plastiques usées par les pas trop nombreux, les murs salis par la vie. Son irruption avait cassé net les discussions de la dizaine de Noirs qui se tenaient près de l'escalier menant au sous-sol, devant un tableau couvert de petites annonces punaisées, scotchées en tous sens et qui s'étaient soulevées quand il avait ouvert la porte. Le sens de l'interrogation qui se lisait dans les regards était évident : était-il un flic ou non ? Guyot s'avança jusqu'au bureau du gardien, une cage vitrée remplie de paquets de cartons d'où s'échappait un solo de cuivres défaillant. Un Africain chétif flottant dans un bleu trop grand pour ses maigres épaules réparait une radiocassette dont les pièces éparses recouvraient le bureau. La musique tonitruait par intermittence au gré des contacts du réseau de transistors avec la pointe du tournevis. Il crut reconnaître le jeu de Manu Dibango. Le gars lui lança un regard furtif et se remit à son ouvrage, attendant la question. Yves Guyot ne savait trop comment s'y prendre. Il se lança en bafouillant.

— Bonjour... On m'a dit que c'est de ce foyer que venaient les Maliens renvoyés en avion il y a quatre jours...

La clarinette eut droit à dix notes sans interruption.

— D'ici et d'ailleurs... Vous êtes de la famille ?

Il se mit à rire, malgré lui.

— J'aurais du mal à vous le faire avaler... Je ne suis ni journaliste ni flic ni assistante sociale... J'ai besoin d'en retrouver un. N'importe lequel. Je ne veux aucun mal, il s'agit d'une histoire personnelle.

Le type reposa le transistor et le tournevis. Il leva le bras, un doigt pointé vers le ciel gris.

— Ils sont tous là-bas, dans leurs villages ou dans les prisons...

— Si je dois y aller, j'irai... Il me faut au moins une adresse...

— Je n'ai rien de ce genre à vous proposer. La seule adresse que je connaisse c'est celle d'ici ! Peut-être que Fanfana pourra vous aider : ils ont embarqué son cousin...

Guyot répéta le nom pour se le mettre en mémoire...

— Fanfana... Où est-ce que je peux le trouver ? Il habite ici ?

— Oui, mais il ne vient que le soir. Tard. Après ses affaires... Vers midi il s'arrête souvent chez Sékéné, un café rue Heurtault, juste à côté du « Black and White »... Dites-lui que vous venez de la part de « la Bricole ». S'il veut vous parler, il vous parlera... Sinon il faudra chercher ailleurs.

Il annula le temps qui le séparait de son rendez-vous en lisant les petites annonces d'un canard gratuit déposé en pile sur le comptoir du couscous où il prenait un café. Un particulier cherchait à se défaire d'un cercueil en chêne « jamais utilisé » et Guyot se demanda comment le locataire initialement prévu s'y était pris pour faire faux bond. Le « Black and White », une façade en laque blanche avec le nom inscrit en noir au fronton était un ancien bougnat racheté par un immigré un peu plus fortuné que les autres. Des lettres en relief collées en demi-cercle subsistaient sur la vitrine poussiéreuse « bois-charbon-mazout ». Le troquet qui lui succédait immédiatement ne s'était même pas donné la peine d'un baptême. La porte en bois à la peinture marron écaillée s'ouvrait sur une petite salle envahie par la vapeur de la cuisine. Une vingtaine d'Africains se serraient autour des tables collées les unes aux autres et recouvertes de toile cirée aux motifs colorés et géométriques. Guyot s'approcha du bar, un vieux meuble de récupération. Le serveur vint à sa hauteur, les mains, les avant-bras chargés d'assiettes remplies de riz et d'une sauce brune d'où émergeaient de minuscules morceaux de viande.

— Il n'y a plus de place. Il faut venir plus tard...

— C'est pas pour manger. « La Bricole » m'a dit que je pourrais voir Fanfana. Il est là ?

Le serveur ne prit même pas la peine de dévisager son client.

— Non, pas encore. Des fois c'est midi, des fois c'est une heure, ça dépend du business... Allez voir en face, au marché.

— Je le reconnais comment... Je ne l'ai jamais vu.

— C'est facile : il n'y a pas deux Maliens qui fument la pipe entre Bamako et Gao ! Fanfana la locomotive...

Le « marché » se tenait dans la cour d'une ancienne ferme du Landy, une suite de bâtiments branlants dont les façades donnant sur la rue étaient étayées par un échafaudage en bois qui prenait la moitié de la chaussée. Un long tissu rapiécé passé sur un fil masquait l'intérieur de la cour aux passants, remplaçant la porte cochère dégondée qui finissait de pourrir sur le côté. Il souleva le drap.

Une dizaine d'Africains tenaient boutique, leur maigre marchandise posée sur des tréteaux, des légumes, du thé, du riz, du mil, du shorgo, du poisson séché, des fringues d'occasion... Fanfana tirait sur sa bouffarde devant un étal de bouteilles et de poudres. Il portait un passe-montagne en laine dont il avait coincé la partie inférieure de l'ouverture de la bouche sous son menton pour parvenir à caler sa pipe entre ses dents. Il sautillait sur place, dans le froid et battait des mains pour se donner l'illusion de se réchauffer. Il esquissa un sourire en voyant Guyot s'avancer vers lui.

— Alors les Français, on veut goûter au mpégou ?

— Non. Qu'est-ce que c'est ?

— Un alcool de chez nous qui te dégèle le cœur et l'esprit...

Guyot prit la bouteille glacée qu'il lui tendait, la reposa.

— Je ne viens pas pour acheter. C'est « la Bricole » qui m'a donné votre nom... Il m'a également raconté que votre cousin faisait partie des Maliens renvoyés chez eux, il y a quatre jours. C'est exact ?

Fanfana avait enveloppé une main autour du fourneau de sa pipe et il aspirait la fumée par brèves succions.

— Oui c'est vrai, il n'a pas menti. La police est venue prendre des dizaines de compatriotes et Babemba n'a pas eu de chance : il dormait quand il fallait courir. C'est Babemba qui t'intéresse ?

Yves Guyot haussa les épaules.

— Lui ou un autre, un de ceux qui étaient regroupés dans l'hôtel de Roissy. Ils ont peut-être vu quelque chose d'important... Je suis prêt à aller là-bas pour discuter avec eux.

Le Malien demeura silencieux, les yeux rivés sur Guyot qui sentit qu'on évaluait sa sincérité. Fanfana se décida à parler après avoir rejeté un nuage de fumée âcre.

— Il faut m'en dire plus… Au Mali la vie est dure. Très dure. Sauf pour la police et les soldats. Je peux t'indiquer où rencontrer Babemba à Bamako mais je ne veux pas d'ennuis pour lui…

Yves Guyot lui résuma en quelques mots la mort de Gérard Blanc, l'article du Monde et sa nuit dans la chambre 615 de l'Artel.

— Avec un peu de chance, l'un des expulsés regardait par la fenêtre au moment où le policier a tiré… Je sais bien que personne ne voudra entendre son témoignage, s'il existe, mais ça me donnera la force de continuer.

Fanfana fit un signe au marchand de plantes médicinales qui tenait l'étal le plus proche.

— Je fais affaire et je reviens tout de suite. Tu t'occupes de ma boutique…

Il entraîna Yves Guyot vers le bâtiment principal. Ils pénétrèrent dans une pièce obscure aux fenêtres calfeutrées dans laquelle vivait une famille entière. Fantana ôta son passe-montagne et vida sa pipe en la tapotant contre son talon. La chaleur humide du butane fit suffoquer Guyot. Ses yeux s'adaptaient peu à peu à l'ombre, après le scintillement de la neige. Il distingua trois enfants emmitouflés dans une large couverture, assis sur un matelas posé à même le sol.

Une femme au torse ceint d'une pièce qui retenait un marmot dans son dos s'affairait autour d'un camping-gaz. Fanfana lui parla en dialecte bambara. Elle servit du thé bouillant et amer que les deux hommes burent par gorgées précautionneuses pour sceller leur confiance. La seconde tasse était plus sucrée, la troisième liquoreuse.

— Tu as du papier pour écrire ?

Guyot sortit un calepin, un stylo et les tendit à Fanfana qui se mit à rire en les repoussant.

— Non, non, pas moi... C'est à ton tour de travailler... Ecris. Tu trouveras Babemba dans la capitale, à Bagadadgi... C'est comme le Landy pour Aubervilliers, un morceau de Bamako... Tu demandes le carré des Fanfana, il est derrière la grande Mosquée, tu ne peux pas te tromper. Dis à Babemba qu'on pense à lui et qu'un jour il pourra revenir ici pour vivre comme le roi...

— Il n'y a pas de nom de rue, de numéro ?

Fanfana s'était déjà relevé et ajustait sa çagoule grise.

— Non, c'est le village là-bas... Tout le monde connaît le clan des Fanfana : on n'a pas besoin de boîte aux lettres. Les grandes avenues seulement ont des noms. Après tu es chez toi...

Le Malien lui prit une main qu'il serra longuement entre les siennes.

— Reviens me voir quand tu seras de retour. Tu sais où me trouver : je suis là tous les matins ou en face, chez Sékéné quand mon ventre me fait traverser la rue.

Yves Guyot reprit sa Renault 11 rue des Fillettes, derrière le J 7 défoncé et s'égara de nouveau dans les rues en déviation. Les équipes de voiries avaient réussi à dégager deux voies de l'autoroute du Nord. Voitures et camions roulaient en convoi, à vitesse réduite mais ça ne bloquait pas. Parvenu à Roissy il mit le cap sur l'Unité Centrale et gara la voiture dans le parking souterrain de la cité Air-France après avoir exhibé son badge professionnel au vigile frigorifié dans sa guérite. En face deux gendarmes au visage bleui par le vent glacial gardaient l'accès au terminus B depuis la route de l'Epinette. Il prit l'ascenseur pour rejoindre le self du comité d'entreprise et se mit à la recherche de Robert Jantil le copain qu'ils avaient loupé avec Gérard Blanc quelques minutes avant de servir de cible aux flics. Il repéra un de ses potes qui travaillait également sur les Concorde.

— Tu as vu Robert ?

L'autre ingurgita une cuillerée de crème caramel et s'essuya la bouche avec une serviette papier.

— Il était là il y a une minute ; il est parti à la bibliothèque rendre des bouquins... Si tu te dépêches, tu le chopes... Il a dû s'arrêter à la cafète pour prendre un jus.

La bibliothèque et la cafétéria se trouvaient en surface dans un bâtiment contigu à la gare du R.E.R. Robert se tenait accoudé au bar circulaire et lisait un magazine technique tout en sirotant son café. Il marqua de la surprise en voyant Guyot.

— Qu'est-ce que tu fous là ? Ils t'ont fait reprendre le boulot ?

— Non, pas encore... On peut trouver un coin tranquille pour discuter ?

Robert Jantil détacha un ticket pour régler sa consommation et entraîna Guyot au fond de la bibliothèque sous des panneaux d'exposition retraçant l'histoire du Front Populaire.

— Tu as des ennuis ? Les flics t'emmerdent...

— Tu crois qu'ils savent faire autre chose ? Ecoute : je ne comprends pas ce qui se trame autour de la mort de Gérard. Ils font circuler de fausses informations dans des canards comme le *Monde*... Je n'ai pas le temps de t'expliquer et même si je l'avais, j'hésiterais à te mettre dans le coup... Ne me pose pas de questions. Dis-moi seulement si tu peux me filer un coup de main...

Le mécanicien hocha la tête pour donner son accord.

— Voilà : j'ai absolument besoin de prendre le premier zinc pour Bamako...

Robert lui coupa la parole.

— Tu te tires de France ! C'est aussi sérieux que ça ton histoire ?

— Je t'ai demandé de ne pas poser de questions. Je fais juste l'aller-retour... Si c'est moi qui vais traîner dans le staff des pilotes, ça va jaser et il y en aura bien un pour s'étonner auprès d'un flic de P.A.F... Je veux partir discrètement... Et vite !

Robert lui fourra sa revue dans les mains.

— Bouge pas d'ici, je vais essayer de t'arranger un voyage aux petits oignons... C'est Bamako ou rien ?

— Si tu l'as en direct c'est l'idéal mais je ne suis pas en mesure de faire la fine bouche : je prends même avec escale !

Le mécano passa la double porte à battants. Guyot feuilleta le mensuel, un canard spécialisé sur le jeu d'échec auquel il ne comprit rien. Ce n'était que ses suites de 29. ... Ce4?? 29. ... C X g4! 30. Tg3 Fe3 + 31. Rb2 Cf2! Et les Noirs se sauvaient. Il patienta en lisant vaguement les textes de l'expo : « *Les usines sont occupées. On laisse les femmes rentrer chez elles la nuit. La moralité est rigoureuse et l'alcool interdit. Les catholiques peuvent sortir le dimanche pour aller à la messe...* »

Près de la sortie une employée du comité d'entreprise vendait sans enthousiasme excessif des places pour le spectacle de Chantal Goya à un groupe d'hôtesses de l'air habillées toutes sans exception du manteau d'hiver de la compagnie. Robert Jantil ne revint qu'une heure plus tard, soufflant comme un phoque, excité au possible.

— Tu n'as pas une minute à perdre : je t'ai dégoté une place sur un 747 qui part à 16 heures pile pour Bamako... Le pilote est d'accord pour te prendre... C'est un vol U.T.A... Tu passes par l'entrée du personnel. Ils ne t'ont pas piqué ton badge au moins ?

Yves Guyot le tira de sa poche de blouson.

— Non, il n'y a aucune raison...

— Bon, c'est Sonia, la chef de cabine, qui aura tes papiers d'embarquement. Tu seras de l'équipage, en surnuméraire... Seul problème, le zinc repart dès le lendemain matin. Après tu restes quatre jours en rade au Mali, jusqu'à la prochaine liaison…

— Je m'arrangerai, t'inquiète... Combien je te dois pour le passage ?

Robert Jantil reprit possession de sa revue.

— Ça peut attendre ton retour… Envoie-moi une carte !

Ils se séparèrent. Yves Guyot trouva assez de courage pour téléphoner à Ghislaine. Il entendit les cris des gosses quand elle décrocha et eut à peine le temps de prononcer son nom.

— Ghislaine…

— C'est toi ?

— Oui…

— Les flics sont là… Ils te cherchent...

Puis elle raccrocha brusquement.

YVES GUYOT

9 janvier, 20 h 30

A vingt heures trente Yves Guyot franchissait le sas du 747 et mettait le pied sur la passerelle de débarquement de l'aéroport international de Bamako. Sa chemise de laine, son pull, son blouson, ses boots prirent instantanément les 35° qu'annonçait le thermomètre mural près de l'horloge. Il emboîta le pas au groupe de touristes de l'agence « Frontières Naturelles » qui partaient à la rencontre du pays Dogon avec leurs cargaisons de polaroïds et fit viser son passeport par un militaire soupçonneux qui remarqua qu'aucun appareil photo ne lui pendait au cou. Il s'enferma dans les toilettes pour ôter chemise et pull, le blouson à même le polo. A peine dehors un gamin d'une dizaine d'années se proposa pour porter son sac. Il l'en dissuada. Le garçon lui prit la main pour le diriger jusqu'à un taxi Toyota aussi cabossé qu'une vieille casserole. Yves Guyot se laissa tomber sur les sièges arrière, martyrisant les ressorts qui pointaient sous le tissu. Il était trop abasourdi par la chaleur pour décider s'il fallait donner un pourboire au môme ou s'il était de mèche avec le chauffeur. Le taxi démarra avant même qu'il ait indiqué sa destination et prit la route de Badalabougou. Le conducteur dont le crâne était recouvert d'un calot blanc brodé se retourna en roulant au pas, le menton posé sur son épaule.

— Tu veux aller où Patron ?

— Dans le quartier de Bagadadgi.

Il n'exigea pas davantage de précisions. La Toyota grimpa la colline de Badalabougou en grinçant de tous ses amortisseurs et traversa le quartier résidentiel avant de franchir le Niger. En contrebas, des pêcheurs rafistolaient leurs filets à la lueur de rares lampadaires. Le taxi pénétra dans le cœur de la ville bloquée de tous côtés par les collines qui la protégeaient des vents secs du Sahel. La voiture avançait lentement et faisait de brusques écarts pour éviter les ornières, les mobylettes, les vélos, ou les groupes de femmes et d'hommes qui marchaient sur la chaussée. Elle quitta le boulevard du Peuple et longea les murs roses du village artisanal, en direction de Sotuba. Les trottoirs étaient envahis par une foule de vendeurs installés à même le sol sur des carrés de tissus. Des militaires en uniformes crème, mitraillette au côté, surveillaient nonchalamment l'agitation du soir, dans la fumée grasse des minuscules barbecues où grillaient des brochettes. Des maisons basses, carrées, entourées de murets ocres avaient succédé aux bâtiments occidentaux, aux hôtels, banques et ministères du centre ville. Le taxi s'engagea dans un dédale de ruelles en terre et s'arrêta.

— Tu vas chez qui Patron ?

Yves Guyot se souleva de son siège. Les ressorts protestèrent sous ses paumes.

— Chez Fanfana... On m'a dit que ça n'était pas difficile à trouver...

— Quel Fanfana ? Le Fanfana des pierres précieuses...

— Non, je ne crois pas. Celui que je connais vend de la bière, du mpégou et du gingembre pilé, en France.

Le chauffeur approuva d'un mouvement de tête. La Toyota reprit sa course cahotante dans le village, poursuivie par une horde de gamins qui s'accrochaient aux portières pour dévisager le Blanc qui s'aventurait hors des circuits touristiques. Ils stoppèrent près d'un point d'eau auquel des jeunes femmes aux cheveux tressés remplissaient des alignements de seaux plastique multicolores. Il n'avait pas pris la précaution de se munir de C.F.A. et régla sa course en francs français. Cent mètres plus loin une antique locomotive à vapeur manœuvrait en marche arrière sur la ligne Bamako-Dakar et des aboiements épars répondirent à son sifflement asthmatique. Il s'approcha d'une porte bricolée à partir de bois de récupération et de plaques métalliques où figuraient encore des vestiges de marques publicitaires aux couleurs lavées par le soleil. Il appuya sur le battant qui s'ouvrit en raclant la poussière et les cailloux. Une vieille femme entourée d'enfants s'évertuait à rassembler une maigre basse-cour derrière un grillage distendu. Vingt ou trente autres Maliens étaient assis sur des bancs, des chaises, par terre et mangeaient chacun dans leur coin à même les bols en bois que leur apportaient deux femmes. Tous les regards se portèrent sur lui jusqu'à la vieille qui arrêta son geste, la baguette levée au-dessus de la tête. Un homme d'une soixantaine d'années vêtu d'une sorte de gandoura, la capuche rabattue dans le dos, quitta sa place et vint à la rencontre du visiteur. Il marchait lentement en se tenant très droit et ses sandales semblaient glisser sur le sol battu. Il s'immobilisa devant Guyot sans prononcer un mot. Le Français se sentait sale, poisseux et ridicule, surtout, dans son accoutrement de banlieusard.

— C'est Fanfana qui m'envoie... J'arrive de France. Je l'ai rencontré ce midi, à Aubervilliers...

L'homme posa sa main sur son épaule, l'entraîna vers le banc et lui fit signe de s'asseoir près de lui. Une très jeune fille dont il ne put croiser le regard lui tendit une cuvette d'eau fraîche dans laquelle il se rinça les mains puis on lui servit, sans que la moindre question lui soit posée, un bol de riz au poulet ainsi qu'une bouteille de Spark, une limonade au goût légèrement amer. Le plateau repas avalé dans l'avion lui restait encore sur l'estomac mais il n'osa refuser et mangea en répondant aux multiples sourires d'encouragement de ses hôtes. Quand le thé arriva, les enfants s'égayèrent dans la cour et les langues se délièrent. Le vieil homme lui présenta les trois femmes de Fanfana, leurs enfants, puis il énuméra les noms de tous ceux qui avaient partagé le repas. Celui de Babemba ne fut pas prononcé. Yves Guyot en fit la remarque et les visages se fermèrent. Il tenta de dissiper la méfiance.

— Je suis venu jusqu'ici pour lui parler. Lorsqu'il était dans l'hôtel de l'aéroport, à Roissy, l'un de mes amis a été tué. Babemba et tous les Maliens étaient rassemblés au dernier étage. Peut-être que l'un d'entre eux regardait à la fenêtre, qu'il a vu comment ça s'est passé... S'il est ici laissez-moi le rencontrer. J'en ai pour une minute. Je vous jure qu'ensuite je repars pour la France...

Le vieux Malien à la gandoura se concerta en dialecte bambara avec les autres hommes du clan et fit part de leur conclusion au Français.

— Babemba se cache. Il a peur. Les policiers français l'ont battu dans l'avion. Les soldats maliens ont continué de le battre à Bamako. Il va venir te dire ce qu'il sait sur ton ami, mais là-bas tu ne devras jamais prononcer son nom. Il veut oublier la France mais le Mali ne l'oubliera pas... Il faut beaucoup d'efforts pour vivre sans histoires.

Deux hommes étaient entrés dans la maison basse qui occupait le côté droit de la cour, à l'opposé du poulailler. Ils ressortirent, encadrant un adolescent au visage craintif. Il était très grand, pas loin de deux mètres, et se tenait voûté les bras ballants, le menton posé sur la poitrine. Il ne portait qu'un long short en tissu imprimé et le dessin de ses côtes accrochait la lumière sur sa peau. Quand il se baissa pour s'asseoir, Guyot remarqua les traces de coups sur le front, les pommettes tuméfiées et de longues griffures le long des bras. Les deux hommes lui avaient déjà expliqué le sens de la présence du Français car il prit la parole le premier, d'une voix monocorde, les yeux rivés au sol comme s'il ne s'adressait à personne en particulier.

— Je n'ai rien vu... Quand la police m'a attrapé, je dormais dans la chambre de Fanfana, au foyer des Fillettes... Je travaillais la nuit pendant que Fanfana dormait. Ils nous ont tous emmenés dans une grande salle très froide sans nous donner à boire et à manger et le soir des camions sont arrivés. On a pris l'autoroute jusqu'à Charles de Gaulle et on est tous montés dans un hôtel, par-derrière, juste à côté des pistes. Dans les chambres il y avait déjà beaucoup de compatriotes. Ils dormaient par terre, dans les couloirs en se demandant ce qui allait leur arriver. Les C.R.S. ne voulaient rien nous dire mais ils ne nous tapaient pas. Vers quatre heures du matin, ils nous ont attachés deux par deux avec des menottes et on a repris les camions. C'étaient d'autres policiers. Ils étaient énervés et ils nous battaient avec leurs crosses, pour nous faire avancer. On a roulé sur une piste et ils nous ont obligés à monter dans un avion, toujours avec les menottes. Comme ça jusqu'à Bamako. Des policiers sont restés avec nous, pendant tout le voyage, pour nous surveiller et battre encore ceux qui criaient...

— Vous n'avez rien remarqué, vers minuit, de l'autre côté du parking de l'hôtel ?

Babemba leva la tête pour la première fois. Yves Guyot fut troublé par la tristesse de son regard.

— Moi non, je suis resté tout le temps dans le couloir : les chambres étaient déjà pleines quand ceux d'Aubervilliers sont arrivés... Mais dans l'avion un homme a parlé de ça...

Yves Guyot se pencha vers lui comme s'il voulait hâter la venue des mots.

— De quoi a-t-il parlé ?

Babemba fit un effort pour rassembler ses souvenirs.

— Il était derrière moi... Un Songhoï de Gao... Il a entendu des coups de feu. Il avait ouvert la fenêtre alors que les C.R.S. l'avaient interdit. Des coups de feu... Et il a vu beaucoup de voitures de police avec leurs lumières bleues qui tournent.

— Vous savez où je peux le voir ?

— L'autre à côté dans l'avion l'appelait Bandjougou et Bandjougou lui disait qu'il retournerait à Gao voir son frère qui travaille à l'hôtel Atlantide...

Yves Guyot posa une main sur l'avant-bras de Babemba.

— Je vous remercie. C'est très important pour moi...

Puis il se tourna vers le vieil homme.

— ... Il faut que j'aille à Gao retrouver cet homme. Il y a un train ?

— Non, le train de Dakar s'arrête à Bamako. Il faut prendre l'avion ou le douro-douro.

L'un des deux Maliens qui avaient amené Babemba intervint.

— L'avion est parti hier déjà. Le prochain est dans quatre jours... Si tu veux le voir vite il te reste le douro-douro...

Guyot les regarda les uns après les autres, incrédule.

— Le douro-douro ?

Ils se mirent à rire de son air effaré. Jusqu'au visage de Babemba qui s'anima.

— C'est le nom des taxis au Mali. Nous pouvons te présenter un homme de toute confiance, un

Sénégalais. Son taxi est en très bon état, il te fera revenir de Gao...

— On peut le rencontrer dès ce soir ?

Le vieil homme se leva et secoua les pans de sa gandoura.

— On ne fait pas d'affaires à la nuit tombée Tu dois dormir maintenant. Un grand voyage t'attend.

On l'installa dans une pièce aux murs de terre. Une natte recouvrait le sol. Il s'y allongea et s'endormit presque immédiatement. Bien plus tard dans la nuit Babemba quitta le cercle des hommes et vint poser une couverture sur lui puis il retourna dans la cour parler encore de l'eau et du vent sous la sombre coupole étoilée.

YVES GUYOT

10 janvier, 6 heures

Il se réveilla dès que le vieil homme pénétra dans la pièce.

— Nous devons y aller. Le taxi va bientôt commencer sa journée. Ensuite il faudra attendre jusqu'à demain...

Il déjeuna de lait et de galette dans la cour qui gardait encore un peu de la fraîcheur de la nuit, devant tout le clan rassemblé. La jeune femme qui la veille lui avait présenté l'eau pour se laver les mains lui remit un sac plastique bleu rempli de provisions.

Babemba s'approcha.

— Je reste là, je n'ai pas le droit de sortir... Des hommes qui voyageaient dans l'avion ont été pris par la police, sans raison... La famille me protège.

Yves Guyot l'attira contre sa poitrine, l'embrassa puis il prit son sac et emboîta le pas de l'homme à la gandoura. Ils sortirent de Bagadadgi et longèrent les murs roses de l'Institut National des Arts. Les commerçants installaient leurs échoppes pour ne pas louper les touristes matinaux. Les cuirs tannés par les Peuls voisinaient avec les pierres taillées des Dogons ou les sculptures bambara. Ils rejoignirent le centre artisanal et ses expositions de bijoux anciens, de brocante fabriqués et vieillis à deux pas de là par des familles d'artisans misérables. L'homme marchait à grands pas, insensible aux sollicitations des vendeurs. Guyot essayait d'échapper aux gamins qui tentaient de lui vendre des parures sanghoï, des poignards tamasheq ou à des adultes au visage grave qui lui présentaient des sachets de plantes médicinales. L'arrivée d'un car d'Européens le libéra soudain de la pression qui s'exerçait sur le seul Blanc présent dans le secteur du commerce des souvenirs. Les marchands de cartes, de bricoles, de rafraîchissements fondirent sur les cinquante retraités poussifs qui descendaient avec précaution de leur Pulman conditionné. Ils dépassèrent la Grande Mosquée et traversèrent le boulevard du Peuple dans l'ombre des minarets. Une longue file de taxis, des véhicules de tous genres et de toutes marques, stationnait devant la gare de Bamako. Un antique HY Citroën repeint au pinceau, le bas de caisse bouffé par la rouille précédait une fourgonnette Datsun dont les sièges étaient encore recouverts par les feuilles de plastique transparent posées par les ouvriers qui manœuvrent les voitures neuves sur les parkings des ports d'embarquement japonais. Son guide stoppa à hauteur d'une Mercedes 190 rouge, un modèle des années soixante, carrosserie à ailettes, se pencha à la portière. Il discutait en faisant des gestes en direction de Guyot. Un peintre amateur avait tracé les lettres noires et inégales de « Transport public des voyageurs », sur une longue bande blanche qui courait sur tout le côté de la voiture. Deux cases jaunes aux entrées sombres sur fond de palmiers complétaient la décoration du taxi. On l'invita enfin à s'approcher. Son hôte de la nuit lui présenta le conducteur, un Noir d'une quarantaine d'années habillé d'un jean et d'un tee-shirt bariolé et qui l'observait les deux avant-bras posés sur le cadre de la fenêtre baissée.

— Il est d'accord pour t'emmener à Gao. Il peut partir quand tu veux. C'est un Sénégalais qui a rendu beaucoup de services à notre famille. C'est comme si Fanfana était au volant...

Il se recula et posa ses mains sur les épaules de Guyot.

— Je te laisse maintenant. Accepte son prix, c'est celui qu'il m'aurait demandé. Quand tu reviens à Bamako tu sais que tu as des amis, à Bagadadji.

Puis il se retourna et disparut dans la foule.

Le Sénégalais était descendu de la Mercedes. Il remonta son jean en se tortillant.

— Alors comme ça tu veux aller à Gao... Ça fait beaucoup de kilomètres. Mille trois cents et autant au retour...

Guyot l'interrompit.

— J'ai besoin de partir le plus rapidement possible. Maintenant. Je suis prêt à payer ce qu'il faut..

— Tu payes en francs ou en C.F.A. ?

— J'ai des francs français, mais on peut passer à la banque les changer.

Le chauffeur de taxi sourit légèrement.

— Non, on ne va pas les déranger. J'ai mon change à moi... Pour l'aller et retour je te propose 5000 francs. Le gas-oil, l'huile et le travail... Tu t'arranges pour manger et dormir. Moitié avant de partir d'ici, moitié avant de partir de Gao. Ça va ?

Yves Guyot sortit une liasse de billets de cinq cents francs et régla l'aller-retour. Le chauffeur planqua furtivement l'argent sous son tee-shirt dans un portefeuille attaché à une lanière qui passait autour de son cou. L'heure qui suivit fut consacrée à la révision des pneumatiques, des niveaux, à l'achat de courroies et aux provisions d'huile, d'eau et de quelques conserves. Vers dix heures, la Mercedes traversait le pont sur le Niger en direction de Ségou. Une grosse radiocassette munie de deux baffles était accrochée au tableau de bord à l'aide de larges bandes de scotch marron. Le speaker officiel de radio-Mali acheva dans les parasites le compte rendu d'un séminaire-atelier sur la politique pharmaceutique puis il annonça le lancement de la première cassette vidéo du Koteba national parrainée par les cigarettes Mansa. Le conducteur lui coupa le sifflet et sa main droite s'agita dans une boîte à gâteaux en fer-blanc où il rassemblait ses cassettes. Il en présenta quatre ou cinq devant ses yeux avant d'en enclencher une. La voix nasillarde de Charles Aznavour s'éleva dans l'habitacle :

> « *La Bohême, la Bohême*
> *Ça voulait dire : on a vingt ans...* »

Yves Guyot s'était allongé sur le siège arrière, le dos coincé dans l'encoignure de la portière, le visage balayé par l'air qui s'engouffrait par la fenêtre ouverte. La route rectiligne se perdait à l'infini et la monotonie du paysage, des reliefs, des couleurs n'était cassée que par l'irruption de quelques villages en banko. Il essayait de fixer son attention sur un livre de Marie-José Doberman, un cadeau de Ghislaine, mais aucune des phrases qui ondulaient au hasard des cahots n'était en mesure de rivaliser avec les rimes du petit Arménien :

> « *Je vous parle d'un temps*
> *Que les moins de vingt ans*
> *ne peuvent pas connaître...* »

Il se pencha vers le chauffeur, les lèvres à hauteur de l'oreille noire.

— Vous n'avez rien d'autre comme musique ?

L'autre haussa les épaules et Guyot devina une moue désolée dans le rectangle étroit du rétroviseur.

— Pour les Français, j'ai pas grand-chose... Aznavour, Piaf, Johnny Halliday... Beaucoup pour les Américains, Michaël Jackson, Prince, Springsteen, Sinatra... Tu veux la musique des Américains ?

— Non, pas spécialement... Je peux regarder dans votre boîte ?

Le chauffeur leva le pied de l'accélérateur et fit passer la boîte à gâteaux par-dessus le siège. Guyot mit la main sur un vieux hit de Manu Dibango, le tendit au chauffeur qui remua la cassette au bout de ses doigts.

— Mais c'est africain cette musique-là ! Ça ne va pas te plaire, ça casse les oreilles des Blancs...

L'appareil scotché l'avala. Les épaules du conducteur commencèrent à épouser le rythme bégayant du morceau :

« *Mamako mamassa...* »

jusqu'au ronronnement du diesel qui semblait se mettre au diapason. Guyot se rencogna, la tête sur le renflement du cuir, et reprit son bouquin mais la lecture de Marie-José Doberman lui apparut encore plus redoutable. Il balança le livre par la fenêtre et se laissa aller aux sonorités limpides de Dibango.

Ils longèrent la forêt de Faya. Les cases rondes protégées par les murs d'enceinte laissèrent la place aux cases carrées, aux greniers surélevés. Le Niger réapparut peu avant Ségou, sur la gauche, sillonné par des multitudes de barques bondées. La Mercedes passa la ville rouge sans s'arrêter et plongea sur San, le pays des Muets. Ils firent une halte à hauteur des marais de Goan et mangèrent des galettes de pain et du thon, sous le regard curieux et amusé d'un groupe d'enfants aux visages striés par les tatouages. Aucun d'eux ne s'approcha. Ils se contentèrent de les observer et repartirent vers leur horizon désolé quand le moteur se remit en marche. Dans la voiture, l'air sentait le gas-oil et le plastique surchauffé, des odeurs qui ne se dissipèrent que lentement, le temps que le taxi accroche la quatrième. Yves Guyot éternua. « Cri primal, réaction tripale, état grippal… » Il sourit en repensant à la maxime que Gérard Blanc avait l'habitude de servir à ceux qui s'enrhumaient et qui étaient légion sur la plate-forme de Roissy battue par le vent. Un Dogon taciturne, la tête recouverte d'un bonnet pointu, fit le plein au carrefour de Sévaré, à mi-chemin de Gao dans une station-service délabrée près d'un poteau indicateur couinant qui dispersait ses flèches vers Mopti, Gao, Tombouctou, Bamako et le Burkina-Faso. Ils prirent la route de Bandiagara.

Le conducteur s'appelait Basele. Il se fit un plaisir d'initier son client tolérant à la musique africaine Akendengue, Langa-Langa, Zao, Fela, Alpha Blondy… La Mercedes solitaire tanguait dans les buées de chaleur de l'asphalte, laissant dans son sillage des mélanges de salsa, de funky, de rumba, de rock et de tam-tam. Les couplets de Francis Bebey et les ballades bugarabu de Paap Niang les portèrent jusqu'aux murailles sombres de Hombori. Ils rabattirent les sièges avant et s'endormirent enveloppés dans de vieilles couvertures, en observant par le pare-brise l'imperceptible dérive de la lune au-dessus des falaises de grès. Peu avant minuit, réveillé par l'inconfort de sa couche, Yves Guyot se releva et crut apercevoir un éléphant qui traversait la route de sa démarche inéluctable.

YVES GUYOT

11 janvier, 5 h 30

Quand Basele le secoua, au petit matin, il n'y pensait plus ; l'éléphant s'était évanoui avec ses rêves. Le Sénégalais avait préparé du thé sur son camping-gaz protégé du vent par de petits remparts de pierres plates.

— Il nous reste encore beaucoup de kilomètres ?

Basele lui tendit un bol en plastique bleu clair aux parois molles et bouillantes. Il sortit du vide-poche placé sous la radiocassette une carte Michelin rouge et la déplia précautionneusement dans le jour naissant. Guyot se pencha par-dessus son épaule. Certains tracés étaient soulignés au feutre rouge, orange, des villes entourées de traits noirs. Un nom et une adresse figuraient en marge de la carte, dans le bleu de l'Atlantique face au port de Freetown : « Robert Lafonce. La Courneuve ».

— Elle vient de France ?

Le Sénégalais pointa le nom avec son doigt.

— Oui, c'est une 153 ! Un grand miracle quand on en trouve une au Mali... Il faut les faire venir par des amis qui reviennent... Moi c'est un Français qui me l'a donnée. Un de ces fous qui traversent le Sahara et le Sahel pour rien... Ils n'amènent rien, ils n'emportent rien. Sa moto avait brûlé entre Ségou et

Markala... Je l'ai emmené à Bamako et il m'a fait cadeau de sa 153...

Il se mit à additionner les chiffres bleus qui bordaient le tracé pointillé.

— ... Il n'y a plus que 250 kilomètres d'ici à Gao mais peut-être qu'il faudra attendre jusqu'à la nuit pour entrer dans la ville...

— Pourquoi, la route est mauvaise ?

Basele promena son index sur le serpent bleu qui se courbait entre Niamey et Tombouctou.

— Non, pas de problème de ce côté, elle est bien entretenue... Il faut traverser le fleuve et le bac ne va pas vite...

La voiture rouge s'enfonça dans les plaines sablonneuses de la Gourma et la monotonie du voyage, aggravée par la fatigue, ne fut troublée que par le passage effarouché d'un couple d'outardes près du forage de Tasséguela. Ils arrivèrent en vue du fleuve vers midi. Une file ininterrompue de camions aux bennes jaunes, presque exclusivement des Berliet, les séparait du bac dont ils devinaient les manœuvres, à deux kilomètres de l'insigne à trois branches qui surplombait le radiateur de la Mercedes. Une heure plus tard ils n'avaient avancé que d'une centaine de mètres. Guyot s'était laissé envahir par le découragement et ne bougeait plus, recroquevillé à l'arrière du taxi. Un bac se détachait comme à regret de la rive emportant une dizaine de véhicules. Basele s'approcha de lui.

— On peut peut-être essayer de discuter avec les policiers...

Guyot se traîna derrière lui jusqu'à la guérite où deux flics en uniforme filtraient les passages. Le Sénégalais plaida la cause du Français et le plus gros des deux fonctionnaires se leva. Yves Guyot remarqua qu'il portait des tongues bleues et blanches aux pieds. Il s'adressa à lui, en épongeant la sueur qui perlait à son front.

— Vous êtes pressé pour aller à Gao, mais tout le monde est dans ce cas...

Guyot demeura muet et Basele intervint avant que le policier ne regagne son abri.

— Nous sommes disposés à payer une surtaxe, s'il le faut...

Le policier respira longuement. Les traits de son visage amorcèrent un sourire qui se dissipa aussitôt. Le tissu de sa vareuse en se tendant présenta une multitude de taches.

— Ça fera cinq mille francs C.F.A.

Yves Guyot lui tendit un billet de cent francs français que l'autre fit aussitôt disparaître dans une des poches de son pantalon, puis ils remontèrent l'alignement des Berliet jusqu'à la Mercedes. Le flic grimpa à côté de Basele et l'autorisa à dépasser l'embouteillage de bahuts. Arrivés au bac il descendit pour les guider du geste et de la voix à monter sur l'embarcation. Il se pencha à la portière et fit un salut réglementaire à l'intention d'Yves Guyot :

— Le paiement de cette surtaxe rend votre véhicule prioritaire...

Tout de suite après, c'était Gao. Le taxi roulait dans les larges avenues bordées de baraques en évitant les trous, les ornières, profitant des rares plaques de bitume qui témoignaient d'un passé plus glorieux. Il s'arrêta près de la station Texaco où des gamins aux pieds nus pataugeaient dans la terre gorgée de gas-oil. Yves Guyot descendit s'acheter une boîte de bière, de la Flag, que le caissier extirpa d'un frigo rouillé dont le moteur vibrait autant que celui d'un Piper au décollage. Le temps qu'il la boive on lui proposa d'acheter des allumettes, des Marlboro à l'unité, des sabres taillés dans les lames de ressort des épaves du Paris-Dakar, des croix d'Agadez... Tous les mômes avaient le même sourire engageant et le cœur durci par les refus. La Mercedes réclamait une vidange et Basele lui donna rendez-vous devant le commissariat deux heures plus tard. Alors qu'il cherchait l'hôtel Atlantide il se fit accrocher par des gamines au rire éclatant, des fillettes de quatorze, quinze ans qui lui promettaient leurs seins fermes d'adolescentes et leurs cuisses nerveuses pour le dixième d'une surtaxe prioritaire.

Il dégota l'hôtel, un minuscule bâtiment d'une trentaine de chambres situé près du marché et s'adressa au portier, un Noir filiforme en costume pâle, dont le bas du pantalon flottait dix bons centimètres au-dessus des chaussures vernies.

— Bonjour. Je suis à la recherche de quelqu'un qui s'appelle Boudjougou... Son frère travaille ici, à l'hôtel... Vous pouvez me dire où je peux le rencontrer ?

L'homme plongea les mains dans les poches de son pantalon et les agita contre ses cuisses avec une régularité qui mit Guyot mal à l'aise.

— Désolé man (il prononçait « mène » pour se donner le look ricain), mais je ne connais personne du nom de Boudjougou. Vous ne vous trompez pas d'hôtel ?

Yves Guyot fit un pas vers lui. Ses cheveux dressés atteignaient à peine l'épaule du portier.

— Ne me faites pas rire, vous savez aussi bien que moi qu'il n'y en a pas deux à Gao... L'homme que je cherche est arrivé de France au début de cette semaine. Contre sa volonté. Je veux lui parler. Dix minutes me suffiront. Je suis venu seul et sans intention de lui nuire...

Le muezzin de la mosquée voisine, un curieux bâtiment en forme de pyramide, lança l'appel à la prière. Des musulmans commencèrent à s'agenouiller dans la rue, devant des boîtes de conserves de cinq kilos remplies d'eau et procédèrent aux ablutions rituelles sans que l'agitation de la cité en soit autrement modifiée. Le Noir se dirigea vers une salle aux persiennes closes.

— Un compatriote est en effet revenu de France ces derniers jours... Je ne savais pas qu'il se nommait Boudjougou. Un Hollandais l'a emmené dans les dunes. Ils sont partis pour au moins une semaine.

— Dans quelles dunes ? Pour quoi faire ?

Le portier retira lentement ses mains interminables de ses poches et présenta ses paumes blanchies à Guyot.

— Son frère est à la cuisine, « mène ». Demande Taroum, il aura peut-être envie de parler... Ce ne sont pas mes affaires.

Il replia sa carcasse dans un fauteuil du hall d'accueil et son buste disparut derrière la Une de *l'Essor* qu'il venait de tirer d'un tas de revues et de journaux dépareillés posés sur une table basse. Guyot traversa la salle sombre et fraîche d'un pas décidé. La cuisine se trouvait sur la gauche, derrière un rideau de perles multicolores dont les longs colliers glissèrent sur ses épaules quand il s'avança. Un homme seul, le torse et le bassin protégés par un tablier de cuir, prélevait de lourds morceaux de viande à même un demi-mouton puis il les débitait en carrés de la taille d'un oignon avant de les rassembler avec ses mains et les jeter dans une énorme marmite. Il leva les yeux vers le visiteur sans cesser de promener la lame sur le billot. Un piano à quatre feux briqué comme au premier jour les séparait.

Guyot parla longuement de cette nuit froide sur l'aéroport, de la DS arrêtée dans sa course, de l'étage interdit, de Fanfana qui lui vantait le mpégou dans une cour sordide du Landy, de Babemba qui avait surpris les paroles de Boudjougou enchaîné comme lui dans les cales modernes et civilisées des Airbus. Il lui parla aussi de Fela Anikulapo Kiti, The Black Président qui chantait la Kalakuta Republic dans ses solos de saxo sur les cassettes éraillées de Basele. Il lui parla de Gérard, n'osant prononcer son nom de famille, Blanc, de la femme qu'ils avaient aimée et dont il voulait vaincre le mépris. Taroum l'écoutait et n'eut pas besoin de le regarder pour juger de sa sincérité. Il connaissait les voix, les intonations des Blancs qui passaient à longueur d'années à l'hôtel Atlantide, qui avalaient sans en détailler les saveurs, le sourountou ou l'alabadja dont la préparation minutieuse avait effacé sa journée. Il n'avait encore jamais entendu un Blanc parler sans oublier son cœur. Le couteau effleura les côtes du mouton, découvrant les os parallèles, ne laissant pas une miette de viande rouge derrière la lame.

— Mon frère a trouvé du travail. Il est avec un chasseur hollandais dans les dunes de In-Kak... Ce n'est pas très loin de Gao, à trente kilomètres sur la piste de Tin-Azabo...

— Ils sont dans un coin précis ? Comment vais-je leur mettre la main dessus ?

Taroum remua le contenu de la marmite à l'aide d'une louche en aluminium démesurée.

— Ce ne sera pas difficile : attends la nuit à la sortie de In-Kak et tu verras les tentes bleues. Boudjougou y sera.

Yves Guyot sentit qu'il était inutile d'insister. Il repassa devant le portier. Le journal au bord duquel émergeait un maigre quart de visage se déplaça légèrement pour suivre sa trajectoire. L'homme le laissa sortir, puis se dirigea vers le téléphone.

La Mercedes lavée et astiquée l'attendait devant le commissariat, une maison basse, d'un étage, dont l'entrée de la cour était surmontée d'un panneau en tôle percé par la rouille. Des Renault 12 éventrées et des Toyota sur cales encombraient le jardin au hasard de la mauvaise humeur du mécano. Basele en avait également profité pour prendre un bain mais il portait le même jean et le même polo bariolé qu'à Bamako.

— Où va-t-on chef ? La voiture est prête pour le tour du monde...

— On prend la piste de Yin-Azabo et à une trentaine de kilomètres vers In-Kak, on devrait apercevoir des tentes bleues, à la nuit tombée.

Basele ne manifesta aucune surprise à l'énoncé du programme. Il tira le bouton de préchauffage. La carrosserie se mit à vibrer de toutes ses soudures avant que le moteur ne trouve son rythme. A la sortie de la ville, près de l'aéroport, une armée de gosses aux pieds nus fouillaient la décharge dont la dernière strate était constituée des résidus inutilisables du Paris-Dakar. Le nuage de fumée enveloppa la Mercedes et l'odeur âcre et tenace d'ordures brûlées les accompagna pendant plusieurs kilomètres. Les tourbillons de poussière fine que soulevait leur passage ne leur permirent pas de repérer la jeep qui se coulait dans leur sillage. La nuit fut là, d'un coup, vers six heures et demie. Le sable devint gris. Ils faillirent dépasser In-Kak sans même s'en rendre compte : quatre maisons en terre plongées dans l'obscurité. Le taxi descendit se renseigner auprès d'un vieil homme qui poussait trois chèvres devant lui et qui désigna le plein Sud du bout de sa canne. Basele se réinstalla au volant.

— Le Hollandais et celui que tu cherches sont à quelques kilomètres d'ici... Ils sont redescendus vers le Niger, par les collines qui cachent Gargouna.

Il faisait presque froid. Yves Guyot enfila son blouson. Le faisceau des phares ronds éclairait les ornières de la piste, les flancs mouvants des dunes. Ils roulèrent ainsi pendant une heure, scrutant le paysage sans surprise dans lequel ils s'enfonçaient. L'embrayage patina dans une montée. Basele rétrograda en seconde pour échapper au sable mou et bientôt le capot de la Mercedes plongea vers une vallée déserte. Guyot posa une main sur l'épaule du conducteur.

— Arrêtons-nous ici, c'est un bon poste d'observation...

Ils grimpèrent sur un monticule, enveloppés dans des couvertures fouettées par le vent, s'accroupirent et se mirent à surveiller les immenses territoires sombres et uniformes qui s'étendaient à leurs pieds. Ils attendirent longtemps puis, coup sur coup, à leur droite, à moins d'un kilomètre deux rectangles bleus s'illuminèrent. Une lumière pâle pratiquement dépourvue de halo. Basele se tourna vers Yves Guyot, incrédule.

— Qu'est-ce que ça veut dire ?

Guyot haussa les épaules et se releva en se débarrassant de sa couverture.

— La seule façon de le comprendre, c'est d'aller voir !

Il courut vers la Mercedes et sortit un mini K7 de son sac. Il remua les boîtiers à la recherche d'une cassette vierge, mais en quittant Ghislaine il n'avait pris que des enregistrements commerciaux sur lesquels les languettes de sécurité étaient cassées pour en interdire la réutilisation.

Basele lui tendit une cassette pirate de Zao.

— Prends celle-là, il y a encore un peu de place sur la deuxième face...

Ils laissèrent la voiture sur le bord de la piste et coupèrent à pied à travers les ondulations du terrain. A mesure qu'ils avançaient le bleu devenait plus soutenu, se teintait de violet. Ils distinguaient maintenant une tente triangulaire de moyenne dimension sur les parois de laquelle se déplaçait l'ombre pliée d'un homme. Ils s'arrêtèrent à un mètre de l'ouverture en suffoquant, essouflés par leur course. Un Blanc en parka, la tête protégée par un bonnet en laine, alignait des bocaux de verre vides sur une table de camping pliante. Deux rampes de lampes à ultraviolet étaient dirigées vers les rectangles de tissu tendu et tout un réseau de fils électriques aboutissait à une série de batteries posées sur des cartons. Le Hollandais ne les avait pas entendus approcher, absorbé par son obscur travail. Guyot se racla la gorge pour attirer son attention. Une voix inquiète et interrogative lui répliqua en hollandais.

Guyot se présenta à l'inconnu qui ne parlait pas un mot de français et ne cessait de répéter comme s'il s'agissait d'une phrase magique lui garantissant l'immortalité :

— My name is Michaël Chaussaert... My name is Michaël Chaussaert...

Yves Guyot parvint à le rassurer sur leurs intentions pacifiques à l'aide des bribes d'anglais scolaire qui flottaient dans sa mémoire.

— Where is Boudjougou ?

Le Hollandais apeuré montra d'un geste timide la direction de la seconde tente et ferma les yeux de bonheur quand les deux hommes s'y précipitèrent. Boudjougou était debout, à l'extérieur de la tente lumineuse, cueillant délicatement du bout des doigts des papillons aveuglés qu'il enfermait dans le bocal qu'il tenait dans l'autre main. Il observait la progression de Guyot et de Basele à la dérobée sans montrer la moindre inquiétude. Quand ils furent assez près, il les apostropha.

— Alors les amis, c'est gentil de venir m'aider... Les Amphysus d'un côté, les Zalmoxis de l'autre, c'est pas sorcier...

Basele lui répondit :

— C'est bien toi Boudjougou, le frère de Taroum qui travaille à l'hôtel de Gao ?

Des dizaines d'insectes venaient se coller au piège de la toile et le Noir les chassait du revers de la main choisissant avec soin les espèces rares que le Hollandais avait dû lui décrire.

— Oui, je suis bien Boudjougou... Vous avez mangé tout ce sable pour moi ? C'est un bien grand honneur.

Basele désigna Guyot.

— Pas que du sable. Des kilomètres de goudron et le Niger aussi... Il est venu de France pour te rencontrer. Je le promène depuis Bamako dans mon taxi qui nous attend sur la colline.

Boudjougou entra sous la tente en se baissant et posa sa récolte sur une table au plateau plastifié semblable à celle qui équipait la tente du Hollandais. Il les invita à le suivre. C'était un jeune garçon d'allure enjouée, râblé et musclé. Il était simplement habillé d'un pull passé sur sa chemise et ne semblait pas souffrir du froid pourtant vif. Il fixa Guyot.

— Tu arrives de France spécialement pour moi... C'est dommage j'y étais la semaine dernière ; tu aurais pu économiser l'argent du voyage...

— Je sais dans quelles conditions on t'a renvoyé au Mali... C'est grâce à un homme de ton pays qui habite Aubervilliers, Fanfana, que je suis arrivé jusqu'ici... Son cousin, Babemba, était dans le même avion que toi et il t'a entendu raconter ce que tu avais vu de la fenêtre de ta chambre, à l'hôtel... J'ai besoin de l'entendre à mon tour...

Basele s'éloigna dans la nuit pour leur laisser la liberté de se parler, de se mentir si c'était nécessaire. Boudjougou s'assit près de l'alignement de batteries.

— Je peux enregistrer ?

Le Malien l'autorisa d'un mouvement de tête. Le pouce de Guyot écrasa la touche rouge de l'Aïwa qui résista et seule la touche « play » s'enfonça.

« *Les pershings ce n'est pas bon, ce n'est pas bon*
SS 20 ce n'est pas bon, ce n'est pas bon
Quand viendra la bombe, tout le monde bombé O
Quand viendra la bombe, tout le monde bombé O
Ton pays bombé
Les taximans bombés
Les bébés bombés... »

Il fit défiler la cassette en s'arrêtant à chaque mètre de bande magnétique pour se caler juste à la fin de la chanson :

« *Les équipes cadavres, diables noirs cadavres...* »

jusqu'à la litanie de l'ancien combattant Mundasakiri :

« *Si tu voyais Français, bonjour !*
Si tu voyais Anglais, good morning
Si tu voyais Zaïrois mbote nayo. »

— Qu'est-ce qui t'intéresse ?

— Tout ! Le numéro de la chambre, ce que l'on pouvait voir de la fenêtre et ce qui s'est passé en bas avec la DS...

— Je me rappellerai le numéro toute ma vie : c'était le 717... on était six là-dedans... Enfermés comme des bêtes.

— Le 717 vous êtes sûr. Pas le 715..

Boudjougou écarquilla les yeux.

— Non, le 717... Au 715 c'était pareil, rempli de frères, avec la police qui n'arrêtait pas d'ouvrir les portes dès qu'on les fermait... En bas, il y avait des parkings, des hangars et des routes... C'était interdit, mais à un moment je suis sorti sur le balcon pour respirer l'air du dehors. Une voiture est arrivée. Elle s'est arrêtée près d'une cabane où il y avait un gardien. Elle est ressortie juste après et elle a tourné à l'autre bout. D'un seul coup elle s'est mise à faire des embardées... J'ai entendu des claquements, comme des pétards et la voiture s'est arrêtée près d'un arrêt de bus, sur l'herbe...

Yvec Guyot approuvait par d'incessants mouvements de tête.

— Ce n'était pas un arrêt de bus mais un plan de l'aéroport... Ensuite, continue...

— Les policiers ont mis en marche leur lumière tournante et se sont approchés de la DS... Plus tard d'autres voitures de police les ont rejoints. C'est tout.

Guyot s'accroupit près de lui.

— Comment étaient les phares de la DS... Allumés, éteints ?

Boudjougou leva les yeux sur la toile que constellaient les ombres des insectes et des papillons fascinés.

— Le phare de droite éclairait, pas l'autre... Ça doit être pour ça que les policiers les ont arrêtés.

— Ils ne nous ont pas arrêtés, j'étais dans la DS, ils nous ont tiré dessus et le conducteur, mon ami, est mort. Deux Français qui prétendent avoir passé la nuit dans la chambre 715 disent que la voiture roulait tous feux éteints et qu'elle a foncé sur le barrage de police...

Le jeune Malien lui coupa la parole.

— Ils mentent, tu peux en être sûr : je sais ce que j'ai vu et je n'ai jamais rêvé en France.

Guyot ne put s'empêcher de sourire de la véhémence de son compagnon.

— J'aurais peut-être besoin que tu redises cela un jour. Tu comptes rester à Gao ?

— Oui, Taroum a souvent des occasions pour travailler. Tu lui écris à l'hôtel. Il saura toujours où me trouver.

Ils se quittèrent. Guyot rejoignit Basele qui aidait le Hollandais à décrocher ses papillons en lui tenant un bocal. Chaussaert les regarda partir avec soulagement. Ils grimpèrent sur la dune, ramassèrent leurs couvertures et s'engouffrèrent dans la Mercedes qui effectua un pénible demi-tour. Basele brancha la ventilation et une chaleur sèche accompagnée d'une forte odeur de gas-oil et d'huile brûlée envahirent l'habitacle. La jeep était dissimulée à l'écart de la piste, derrière un mouvement de sable. Les deux hommes en uniforme qui se tenaient à l'avant laissèrent un peu d'avance au taxi, puis ils se placèrent dans ses traces.

Guyot aurait aimé entendre un peu de musique mais le moteur du ventilateur parasitait la radio K7. Ils s'arrêtèrent à l'écart de Gao et dormirent comme le veille, sur les sièges inclinés.

YVES GUYOT

13 janvier, 19 h 30

Le 747 se posa à la minute prévue sur la piste numéro un. Yves Guyot emprunta le sas d'accès à l'aérogare en compagnie des hôtesses, des stewards et ses vêtements fatigués par quatre jours de pistes n'attirèrent pas l'attention des douaniers. Le retour de Gao s'était moins bien déroulé que l'aller. Basele avait éclaté un pneu sur un tronçon de tôle ondulée entre Senndégué et Mopti et il lui avait avoué à ce moment-là seulement qu'il ne possédait pas de roue de secours ! Ils avaient fini de flinguer le pneu, plus la jante, en roulant à dix à l'heure sur le bas-côté avec les cohortes de Berliet qui leur envoyaient des kilogrammes de poussières en hurlant de tous leurs avertisseurs. Le roulement en avait pris un coup dans la gueule mais il avait bien fallu que ça tienne… Il était deux heures de l'après-midi quand le nez de la Mercedes s'était pointé dans l'aéroport de Bamako. Pas question d'aller faire un tour à Bagadadji, chez Babemba. Il confia un message de sympathie à Basele qui lui promit de le transmettre à toute la famille. L'avion sur lequel Robert Jantil lui avait obtenu une place de surnuméraire décollait moins d'une heure plus tard. Il eut tout juste le temps de faire viser son passeport et d'étaler le contenu de son sac de voyage sur le guichet qu'un soldat au visage fermé tenait comme il l'aurait fait pour la dernière position de l'armée malienne. Il avait déplié les vêtements, ouvert les boîtiers de cassettes... Il en sortit une du lot, la copie sauvage du tube congolais de Zao...

— D'où ça vient ?

— Le cadeau d'un ami...

— C'est interdit au Mali. Vous ne pouvez pas l'emporter.

Yves Guyot tenta de protester.

— Mais c'est simplement une chanson d'un groupe congolais, Zao... De la musique...

Le militaire retourna le boîtier plastique entre ses doigts puis le présenta d'un geste sec et imprévu devant les yeux du Français.

— Je sais lire, c'est écrit là...

Guyot déchiffra les lettres hâtives tracées par Basele sur l'autocollant de la cassette, entre les deux axes : « Zoba Zao. Ancien Combattant-Cadavere. »

— Et alors, ce n'est pas un crime !

— Si justement. Tous les enregistrements de ce chanteur sont interdits sur le territoire du Mali. Pour pornographie.

Yves Guyot essaya de pratiquer de la même manière qu'avec les policiers qui ordonnaient le passage du fleuve Niger, juste avant Gao. Il exhiba deux billets de cent francs, les posa devant le militaire qui faillit s'étouffer de rage.

— Vous croyez que tout s'achète ici ! Que notre pays est complètement pourri... Ramassez ça immédiatement ou je vous fais arrêter.

Il obtempéra.

La cassette qui contenait le témoignage de Boudjougou disparut derrière le guichet. Guyot hérita d'un reçu tamponné qu'il plaça dans son portefeuille avec ses cartes de crédit. S'il avait disposé d'un tout petit peu plus de temps il n'aurait pas manqué de faire une razzia dans les rayons maigrelets du kiosque à journaux et peut-être aurait-il acheté un exemplaire de *L'Elan,* le quotidien officiel sous-titré *Le cri du peuple...* Le compte rendu abondamment illustré de la visite qu'effectuait le chef de service des études financières au ministère français de la coopération, un certain Dupalaix, et sa rencontre avec le Premier ministre malien occupait une bonne partie de la première page, uniquement concurrencé par le sommaire et l'ordre du jour du conseil des ministres. L'article intéressant se cachait en dernière page entre la relation de la cérémonie de départ à la retraite du conseiller des Affaires étrangères et de son chauffeur et la rubrique nécrologique entièrement consacrée à la disparition, à l'Hôpital du Point G, du correcteur de *L'Elan.* Il était sobrement intitulé « Grave accident de la circulation » et relatait la terrible collision survenue la veille sur la route d'Ansongo, à cinquante kilomètres de Gao, entre un camion militaire et la Volvo break d'un lépidoptériste hollandais qui sillonnait la région du fleuve Niger en prélevant le maximum d'espèces de papillons pour le compte d'un musée d'Amsterdam. Le chercheur agonisant avait été dirigé sur l'hôpital de Gao tandis que l'on n'avait pu que constater le décès de son aide, un jeune Malien qui ne répondrait plus au nom de Boudjougou.

Yves Guyot n'avait aucune chance de lire ce fait divers anonyme à Paris. *L'Elan* n'arrivait qu'en trois exemplaires en France. Le premier rejoignait sa pile, à l'ambassade du Mali, sans que l'on songe un instant à déchirer la bande d'envoi, le second atterrissait au ministère de la Coopération. Un fonctionnaire distrait s'en emparait et le classait dans une des armoires métalliques qui couvraient le plus long mur de son bureau, un meuble que se partageaient le Mali et le Sénégal tandis que la République du Centre-Afrique en occupait quatre à elle seule.

Le troisième exemplaire quittait les mains d'un huissier au collier cliquetant du ministère de l'Intérieur et ne demeurait que quelques minutes dans la corbeille grillagée posée sur le coin d'un bureau, au fond d'un couloir parqueté, derrière une porte sans numéro, sans nom. Un homme méticuleux le photocopiait alors et disséquait les copies à l'aide d'un cutter et d'une fine règle métallique. Il collait ensuite les informations dignes d'intérêt sur des feuilles blanches qu'il tirait d'une ramette posée sur une étagère. Il fit quatre copies de « Grave accident de la circulation » et les glissa dans autant d'enveloppes qui ne portaient que des indicatifs de services.

YVES GUYOT

13 janvier, 20 h 10

Yves Guyot récupéra sa R 11 au parking. Depuis qu'il travaillait à Roissy il avait pris l'habitude de noter son emplacement sur un petit carnet pour éviter de se paumer comme les dizaines de cadres pressés et de touristes fébriles qui arpentaient les corridors bétonnés. « Parking 1, Aérogare 1, Allée C, Ascenseur 8 », avec ça, pas de problème, on y arrivait direct. Il prit le temps de sortir un pull de son sac et l'enfila. Des immigrés engoncés dans de lourds vêtements de caoutchouc déblayaient la neige qui recouvrait le toit de l'aérogare, autour des caisses. Il roula en direction de la Zone centrale. Le béton orangé de l'Artel se détachait de la nuit grise. Les flics n'avaient certainement pas découvert son nom d'emprunt. D'ailleurs, il n'était pas dans ses intentions de jouer au chat et à la souris avec l'I.G.S. Il s'était même résolu à rendre visite au Commissaire divisionnaire Darqué dès le lendemain, après une nuit de repos. La fille de l'accueil pianota sur sa console et l'ordinateur lui attribua le numéro 312, une sorte de recoin tarabiscoté qui avait plus à voir avec un compartiment des wagons-lits qu'avec une chambre d'hôtel. La fenêtre donnait sur le village du Mesnil-Amelot dont on distinguait la masse sombre du clocher. Avant ça le regard s'arrêtait sur le caravaning de la route des Peupliers, les terrains recouverts de neige et enfin la benne à ordures de l'hôtel qui occupait l'extrémité du parking réservé aux fournisseurs. L'hôtesse l'avait rançonné de 100 francs :

— Une avance sur les consommations... On vous rembourse la différence quand vous partez...

Pour disposer d'un téléphone. Il ne se sentait pas le courage de se planquer derrière les parois en forme de pissotières des téléphones du hall pour composer le seul numéro qui lui importait. Il avait aligné les cent balles. Il jeta son sac sur la banquette habillée d'un tissu vert à rayures, alluma la télé, mécaniquement. Sérillon prenait congé de son indice audimat en rappelant le bilan du dernier attentat terroriste à Paris, 4 morts, puis son sourire crispé fut effacé par la pomme de la pub. Guyot coupa le son et se saisit du téléphone tandis qu'un skieur présentait un pétard à l'écran. Ghislaine décrocha dès la première sonnerie. Il ne lui laissa pas le temps de placer un mot.

— Allô Ghislaine... C'est moi...

Elle lui répondit d'une voix inquiète.

— Oh tu m'as fait peur... Je me demandais ce que tu étais devenu...

Il voulut la rassurer mais elle se reprit.

— ... Je suis sûre qu'ils m'ont mise sur écoute. Ne dis rien et rappelle-moi si tu es dans un endroit sûr.

Elle raccrocha aussitôt. La conversation avait duré moins de dix secondes. Le skieur venait tout juste de se faire péter sa dynamite à la gueule et articulait la marque du produit que son sketch était censé faire vendre. Yves Guyot avait lu, on lui avait dit, ou c'était peut-être dans un film, qu'il leur fallait près d'une minute pour localiser un appel. Il s'éjecta de la piaule et grimpa dans sa voiture. La Renault dépassa la tour de contrôle, le central téléphonique, la centrale frigo, son trajet habituel, et rattrapa l'autoroute après le château d'eau. Les roues des bagnoles soulevaient un mélange de neige fondue, de sel, de résidus de combustion qui s'écrasait par plaques entières sur le pare-brise. Les essuie-glaces patinaient là-dedans comme deux mixers fous. A la première occasion il se rabattit sur la file de gauche près des rails de séparation et roula à fond la caisse vers Paris, droit devant, sans se soucier des appels de phare d'un plus dingue que lui qui parvint à le doubler par la droite en longeant Parinor. La Mercedes, une 190 rouge, demeura un instant à sa hauteur et à travers le brouillard des projections il distingua un bras qui se repliait.

— Va te faire foutre...

A la Chapelle il s'engagea sur le périphérique Ouest rétréci par la pose de murs anti-bruits qu'il abandonna Porte Saint-Ouen. Il dépassa La Fourche et se gara à deux minutes de la Place Clichy, boulevard des Batignolles. Ses pas le portèrent devant un grand café, aquarium triste et congelé, le Wepler, où il but un martini-gin près d'un couple bizarre, un vieil homme au regard amusé qui ressemblait à Philippe Soupault accompagné d'un Noir aux yeux brillants attablé devant un plateau d'huîtres. Il régla sa consommation et téléphona du Wepler. Ghislaine décrocha instantanément ; il s'en voulut de ne pas s'être arrêté plus tôt.

— C'est toi Yves ?

Elle parlait d'une voix étouffée comme une gosse confiant un secret, mais les magnétos enregistraient jusqu'aux battements de son cœur.

— Oui, je me suis mis à l'écart. On peut discuter un petit moment, le temps qu'ils arrivent jusqu'à moi.

— Où étais-tu passé ?... Je suis bête... Tu me le diras quand tu pourras... Ils t'ont cherché pendant deux jours... Le commissaire Darqué, un type pas facile. Après ils se sont calmés. Dans l'article ils disent que tu n'es pas dans le coup... Ça m'a fait un drôle d'effet d'apprendre ça sur Gérard... On vit des années avec un mec et...

La main d'Yves Guyot se resserra sur le combiné.

— Apprendre quoi ? Quel coup ? Je ne comprends rien à ce que tu racontes, Ghislaine.

— T'étais où ? Les journaux en ont tartiné des pages sur cette histoire... Tu me fais marcher ou quoi ?

— Non je te promets. Je débarque d'un zinc il y a moins de deux heures. En Afrique, j'ai mis la main sur un témoin qui fout toute leur version par terre. Un des phares marchait. Gérard a été tué de sang-froid... Ils l'ont flingué comme un lapin.

— Ça ne m'étonne pas, avec ce qu'il préparait...

— Mais il préparait quoi à la fin ! Arrête de parler par énigme. J'ai besoin d'une bonne nuit de repos, ensuite je vais aller les voir. Je n'ai rien à cacher...

— Gérard était mêlé à une grosse histoire de vol... Un truc en préparation... Une bande de professionnels. Ils projetaient de rafler trois ou quatre cents kilos d'or qui transitent tous les mois par Roissy...

Yves Guyot posa son coude sur la tablette, entre deux bottins martyrisés et se massa le front de sa main libre.

— C'est du délire ou quoi ? Qu'est-ce que Gérard allait foutre dans un coup aussi foireux ? Tu le vois s'attaquer aux quinze cents flics et douaniers de Roissy avec sa clef à molette ! En plus, connu comme il était...

— Ecoute, Yves : moi aussi j'ai eu du mal à l'avaler... Son rôle ne consistait pas à attaquer le fourgon blindé ou le zinc... Il devait tout simplement leur procurer trois ou quatre tenues de travail complètes pour que les gars de la bande puissent s'introduire aux abords de la piste sans éveiller l'attention. A mon avis il s'est laissé embobiner dans un bar quelconque pendant une nuit de fête… Je suis même prête à parier qu'il n'a pas fait ça pour le fric…

— C'est incroyable… Ça ne passe vraiment pas ! Ce sont les flics qui ont lâché l'information ?

Il y eut un cliquetis bizarre sur la ligne. Ghislaine voulut répondre mais Guyot lui coupa la parole.

— Je n'ai pas envie qu'ils me coincent ce soir… Je change de troquet et je te rappelle.

Il paya la communication et remonta jusqu'à Stalingrad par les boulevards clinquants de la prostitution et les quartiers quadrillés de l'immigration. La R11 longea le canal aux berges rénovées jusqu'à la Villette. Il s'arrêta au carrefour des Quatre Chemins et avala le second martini-gin de sa soirée au comptoir du « Tout est bien », une sorte de faux pub fatigué où des couples d'adolescents aux visages lavés par les néons se serraient dans les coins des banquettes molles. Il descendit l'escalier carrelé sous le plexi aux lettres collées « Toilettes-Téléphone ». On les juxtaposait certainement aussi souvent pour ne pas faire mentir l'adage « parler c'est comme pisser dans un violon ».

Le numéro de Ghislaine sonnait occupé. Il raccrocha violemment, récupéra sa monnaie, composa à nouveau l'indicatif. Il l'eut enfin au bout du fil.

— Qu'est-ce qui s'est passé ? Pourquoi ça sonnait occupé ? Il ne s'aperçut pas qu'il criait.

— Calme-toi, je t'en supplie… C'est la mère des garçons. Elle a besoin que je les prenne un peu plus tôt demain… Tu leur manques. Ils me demandent des nouvelles de toi chaque jour…

Il respira profondément en fermant les yeux.

— Excuse-moi, Ghislaine, mais je ne sais plus où j'en suis… Je te demandais qui avait sorti l'histoire de l'or…

— *Libération*… Un journaliste a rencontré l'un des cerveaux de l'opération. Ça serait venu d'un autre canard, je n'y aurais pas cru mais eux, ils n'ont aucun intérêt à salir Gérard... C'est un journal qui a toujours pris la défense des victimes de bavures, il est à la maison, tu pourras le lire.

— O.K... Je te laisse... Embrasse les garçons pour moi...

Il décollait le combiné de son oreille mais le grésillement de la voix de Ghislaine retint son geste.

— Qu'est-ce que tu dis ? Je n'ai pas entendu...

— Il y a une lettre d'Air-France pour toi. Elle est arrivée avant-hier...

— Tu l'as lue ?... Qu'est-ce qu'ils me veulent encore ?

— Non, je ne l'ai pas ouverte. Tu veux que je le fasse ?

Un type en costard faisait le pied de grue entre la cabine téléphonique et les gogues lançant un regard excédé à Guyot à chacun de ses passages.

— Oui, dépêche-toi, ils vont finir par me repérer...

Il entendit l'enveloppe se déchirer puis le froissement ordonné du papier que l'on déplie.

— Elle vient de la Direction du personnel. « *Cher Monsieur* », « *Par lettre du 7 janvier nous vous informions de notre décision de vous placer en congé spécial sans suspension de rémunération et cela pour une durée indéterminée. Les circonstances ayant motivé cette mesure s'étant éclaircies, nous vous informons que vous devez vous trouver à votre poste de travail le 13 janvier au matin à l'heure habituelle. Veuillez agréer...* » Voilà, c'est tout.

Elle demeura silencieuse puis :

— Le 13, mais c'était ce matin !

L'inquiétude manifestée par Ghislaine le fit sourire.

— T'en fais pas. Ils ne vont pas me virer pour ça...

Il quitta le « Tout est Bien » et s'engagea sur

l'autoroute du Nord au Bourget, derrière un énorme camion belge qui tractait deux remorques remplies de cochons.

Le distributeur de boissons de l'hôtel ne proposait que de l'eau et des limonades. Il monnaya deux boîtes d'un coca fabriqué par une sous-marque et grimpa au troisième. Il n'eut pas besoin de sortir sa clef. Une pression de la main sur la porte du 312 suffit. La télé était allumée et diffusait un film américain sous-titré. Il reconnut Clint Eastwood dans « Le Canardeur » de Cimino. Il s'avança. Le commissaire Darqué l'attendait, allongé sur la banquette, les chaussures posées sur le couvre-lit vert.

— Bonsoir monsieur Guyot. Vous avez fait bon voyage ?

YVES GUYOT

13 janvier, 23 h 15

Il posa ses boîtes de coca près de la télé, se laissa tomber sur le lit, au milieu du contenu de son sac de voyage éparpillé sur la couverture et se sentit étrangement soulagé.

— Comment m'avez-vous retrouvé ?... Vous saviez que j'arrivais d'Afrique ?

Le commissaire Darqué prit un soda, d'autorité, souleva la languette d'aluminium et tira. Le gaz fit gicler un nuage de gouttelettes.

— Pas exactement sinon nous serions venus te cueillir à ta descente d'avion...

Le flic le tutoyait. A ce simple signe il comprit qu'ils le tenaient entre leurs griffes. Darqué renversa la tête. Du coca pétillant noya les commissures de ses lèvres. Il se redressa.

— Ça t'a plu, le Mali ?

— Vous êtes vraiment bien renseigné...

— C'est notre boulot de tout savoir... Tu aurais dû me prévenir : j'ai perdu deux jours à te courir après... Si tu me l'avais demandé, je suis persuadé que je t'aurais permis de prendre une petite semaine de décompression. Je connais ça... J'ai vu plusieurs de mes copains se faire allumer devant mes yeux : je ne m'y suis jamais fait... C'était ton premier mort en direct ?

Yves Guyot remua la tête et prononça faiblement :

— Oui...

Le commissaire vida la boîte, la serra dans son poing.

— Je comprends qu'après on ait besoin de changer d'air... En tout cas, tu n'as pas à t'en faire pour ton pote... c'était un beau salaud. Il cachait bien son jeu. Tu étais au courant ?

Guyot plongea ses deux mains dans les vêtements, les bouquins et les cassettes qui jonchaient le lit.

— Ça fait quatre jours, quatre nuits que je trimbale ces fringues... En zinc, en taxi de brousse.. Je n'ai pas eu le temps de lire le journal ni l'occasion de poser mon cul devant la télé ! J'ignore de quels crimes est accusé Gérard, mais je n'en crois pas un traître mot. O.K. ?

Darqué souleva un pan de sa veste pour prendre un papier dans sa poche intérieure. Il le tendit à Yves Guyot tout en le dépliant.

— Lis cet article et fais-toi une opinion... Tu verras, il est très bien documenté. Je suis certain que c'est le principal organisateur de l'opération qui parle...

Guyot reconnut immédiatement la maquette de *Libération,* le titre en capitales italiques, le surtitrage ironique, la colonne de commentaire que s'autorisait le journaliste. Il jeta un œil rapide à tout ce qui était écrit en gros :

F A I T S D I V E R S

EXPIATION

Moi, Mathieu, 35 ans, balance d'une bavure de l'Intérieur

Grosse pointure du braquage, Mathieu a déjà passé 12 ans de sa vie en prison. Persuadé que la police cherche à l'éliminer, il se met à table.

puis il lut le commentaire avec attention :

« Le témoignage d'un indic ne pèse pas lourd en apparence. Pourtant nombre d'arrestations, de procès, leur sont dus. Même chose pour les « balances » qui se couchent devant leurs juges, chargent leurs complices pour bénéficier d'un régime de faveur. Le plus myope des observateurs peut constater le résultat dans les Cours d'Assises au moment du verdict. La balance de la Justice est souvent clémente pour la balance délinquante.

Rien de tout cela dans le témoignage de Mathieu, un pseudo qui cache l'un des lieutenants de Michel Coubron rendu célèbre par sa fuite en U.L.M. après l'attaque d'un fourgon postal près de Marseille.

« Je vous parle, parce que je n'ai plus rien à perdre. »

Mathieu vit en condamné, certain que la police le liquidera à la première occasion : « Ils ont une expression pour ça : mesriniser... »

A l'appui de sa démonstration, Mathieu cite le cas de Gérard Blanc tué par la police la semaine dernière dans le cadre de ce qui est devenu « la bavure de Roissy ».

Une bavure qui semble dissimuler, en fait, la mise en pratique d'une justice expéditive remédiant à l'abolition de la peine de mort. La vie de Mathieu, 35 ans, truand, nous est précieuse. Qu'elle prenne brusquement fin à l'occasion d'un contrôle de routine et nous comprendrions alors que la France vient de passer d'un état de droit à un Etat de droite extrême. F.T. »

Le commissaire Darqué se mit debout et arpenta la pièce. Il se planta près de Guyot.

— Le journaliste en tire les conclusions qu'il veut... Il se croit au Brésil avec son délire sur les « Escadrons de la mort ». A partir des mêmes éléments, *le Figaro* dira le contraire en dissertant de manière aussi convaincante ! L'important se trouve dans l'interview... Du solide, du brut de décoffrage... Lis !

Yves Guyot attaqua la première colonne.

« Blond, les cheveux mi-longs, semblant toujours aux aguets, prêt à bondir sur le revolver posé devant lui, Mathieu me raconte d'une voix monocorde ses derniers mois d'activité avec la précision d'un expert-comptable.

Très peu de noms dans ses réponses à part ceux de Michel Coubron et Gérard Blanc. S'il en cite un il s'arrête et me regarde : « Pas la peine de le mettre dans ton papier, il n'a rien à voir là-dedans. » Il n'insiste jamais et c'est la meilleure façon de prouver qu'il dit vrai. Il revient tout d'abord sur le braquage du fourgon de la société Protect-Var en novembre dernier sur l'autoroute Marseille-Toulon : « Personne n'avait jamais tenté un braquage sur autoroute parce que c'est super-fliqué, qu'il est impossible de sortir, à part aux péages. Au début, on a pensé planquer une voiture sur une route parallèle mais il fallait courir des centaines de mètres à découvert... On a eu l'idée des U.L.M. en voyant un reportage à la télé, quand un des frères Leclerc voulait en vendre des escadrilles entières à l'Iran. On a appris à piloter en l'espace d'un mois avec des péquenots qui ne pensaient qu'à sulfater leurs vignes en trois coups de cuillère à pot ! Après c'est simple comme bonjour, on a loué une camionnette, foutu l'U.L.M. démonté dedans et on s'est installé sur une aire de stationnement une heure avant le passage du fourgon. Quand les flics se sont pointés, plus rien, le fric s'était envolé. Ils ont mis des heures à comprendre ce qui s'était passé... Ils ne nous ont jamais pardonné de les avoir ridiculisés... »

Il rit et ce sera la seule fois au cours de notre rencontre. Il oublie simplement de préciser la raison pour laquelle les gendarmes mettront autant de temps à réagir : fidèle à sa méthode Coubron n'a pas laissé de témoin direct derrière lui et a froidement exécuté les deux convoyeurs.

« Ça nous a rapporté près de cent cinquante bâtons et il a fallu monter deux autres petites opérations complémentaires pour disposer d'assez de fric pour le coup suivant. Coubron a toujours eu un réseau d'informateurs de premier choix. Il a su que d'énormes quantités d'or transitaient par Roissy. Certains transferts se font officiellement et bénéficient d'une protection rapprochée... des gendarmes armés et entraînés presque aussi bien que des mecs du G.I.G.N. Quelquefois les banques font passer l'or en douce, pour économiser les primes d'assurance. Sur un an, ça fait des centaines de briques... Personne n'est au courant, même pas les gendarmes. Notre filière pouvait nous avertir d'un transport marron huit jours à l'avance. On a investi tout notre fric dans la préparation du casse du siècle... Le minimum de toute l'année 1985, c'était 300 kg d'or pour un passage. Le maximum 500 kg ! Au cours de la bourse de Paris, on comptait toucher entre deux milliards cinq et quatre milliards... Un rapport plancher d'un pour dix... »

Le bandit de grand chemin heureux d'avoir possédé les gendarmes a laissé la place à un patron de P.M.I. euphorique qui viendrait de conclure un accord avec Bernard Tapie. Aucun de ces deux personnages ne correspond à l'idée que je me faisais de celui qui téléphonait anxieux à Libération, *d'une cabine, en n'étant même pas certain d'être encore en vie pour récupérer sa monnaie en fin de communication. « On était conscients de se mesurer à forte partie. L'aéroport de Roissy a été conçu comme une nasse. Un minimum d'entrées, toutes contrôlées par la gendarmerie et à l'intérieur un réseau de routes assez compliqué pour filer mal au cœur au patron d'un Grand-Huit ! Ce n'est pas un hasard si les terroristes s'acharnent sur Orly et ne tentent jamais rien à Roissy... En moins d'une minute les flics sont en alerte. Il devient impossible de sortir de la zone en douceur. La seule manière de procéder, c'est d'opérer incognito, d'acheter le nombre exact de complicités. Il en manque une et ça foire, une de trop et ça bave. L'or arrive à la gare de fret d'Air-France, un manutentionnaire l'accompagne en fenwick du zinc au hangar où est garé le fourgon de la Brinks avec deux convoyeurs à bord qui ignorent, comme tout le monde, ce qu'ils transportent. Dans un premier temps on ne savait pas comment opérer. On était à deux doigts d'abandonner. On a réfléchi et décidé d'installer des camionnettes tout le long du parcours, sur les parkings. A l'intérieur on avait bricolé des étagères et posé des petites caméras vidéo. Il suffisait de respecter les temps de stationnement et de changer les cassettes toutes les deux heures... En moins d'une quinzaine de jours d'observation on possédait une bonne partie du dispositif de sécurité de la zone de fret, les effectifs, les horaires, la fréquence des relevés, des patrouilles. Grâce à toutes ces informations le problème est devenu simple : il nous fallait une camionnette munie d'un badge pour pénétrer dans le périmètre de sécurité, des vêtements de travail d'Air-France et des laissez-passer. J'ai moi-même approché Gérard Blanc un soir, dans un bar de l'aérogare n° 2, « Les Françaises ». Ç'aurait pu être quelqu'un d'autre... Je l'ai choisi parce qu'il traînait pas mal dans les cafés, ça facilite la prise de contact. Il ne crachait pas sur le fric... La semaine suivante il me livrait les tenues dont on avait besoin... »*

« Par la suite Mathieu et Michel Coubron iront jusqu'à tester leur plan d'action lors d'un transfert d'or en décembre dernier. Ils détaillent le trajet du fenwick jusqu'au fourgon, le manège des trois hommes, les deux convoyeurs et le manœuvre. Mathieu ne le dira pas en clair mais il est probable que la mort des trois hommes qui joueront ce rôle lors du braquage est planifiée. Coubron les fera grimper dans le camion blindé et les exécutera tandis que Mathieu conduira le fenwick jusqu'à leur camionnette et chargera l'or. L'équipe de travail la plus proche est à une bonne centaine de mètres, séparée par plusieurs travées de marchandises. Il se passera au minimum un quart d'heure avant que l'on s'inquiète de la disparition des convoyeurs, un temps amplement suffisant pour échapper au dispositif d'alerte. Trois cadavres qui serviront également à faire taire définitivement le réseau des complices, horrifiés de se trouver mêlés à un crime de cette nature. »

Yves Guyot tendit la main vers la télé et tâtonna, à la recherche de la deuxième boîte de coca, les yeux rivés à l'article. Le commissaire Darqué ramassa le soda, l'ouvrit et le lui coinça dans la paume.

— Ça donne soif, hein...

Guyot serra les dents et continua sa lecture.

« De temps en temps Mathieu caresse le revolver et sa main s'en éloigne brusquement quand il s'aperçoit que je l'observe. Je me rends compte que je ne pose pratiquement pas de questions, que l'interview prend peu à peu la forme d'une confession. »

« On aurait pu passer à l'acte en décembre, directement... On a su après que quatre cent vingt kilos nous étaient passés sous le nez cette nuit-là ! Tout était calé pour fin janvier mais les flics ne nous en ont pas laissé le temps. Le 3 janvier ils sont tombés sur notre planque, un box d'Aulnay où nous entreposions tout notre matériel, la camionnette, les uniformes, les laissez-passer, les caméras vidéo et les cassettes de repérage... On a pris le large, Michel et moi mais ils possédaient assez d'éléments pour remonter la filière... Deux nuits plus tard Gérard Blanc se faisait aligner en jouant au cow-boy. Ils sont sur ma trace, je les renifle... Pour moi parler est une protection... Cela peut contraindre la police à accepter le dialogue au lieu de m'envoyer du plomb dès que je pointerai mon nez dehors. »

YVES GUYOT

14 janvier, 0 h 10

Il replia l'article et plaqua violemment son dos contre la paroi. Les programmes de la Une venaient de prendre fin, la neige sur l'écran remplaçait avantageusement le bavardage de Luce Tucru. Darqué se leva pour changer de chaîne et s'arrêta sur un clip où il était question d'Eric et de ses états d'âme.

— Alors qu'est-ce que tu en penses ?

Guyot leva la tête et le fixa droit dans les yeux.

— Pourquoi ne l'avez-vous pas dit vous-même ?... Ce n'est pas tous les jours que la police peut se vanter d'avoir déjoué un hold-up de ce genre...

Darqué plongea ses mains dans les poches de son pantalon.

— La réponse est d'une simplicité évidente : nous cherchions à coffrer le maximum de complices en espérant que l'un d'entre eux nous mènerait jusqu'à Coubron et « Mathieu ». Ce canard nous met des bâtons dans les roues comme à son habitude... La moindre piste a été soigneusement effacée dans l'heure qui a suivi la parution de l'article ! Si ça ne tenait qu'à moi le journaliste serait déjà sous les verrous et il vaudrait mieux pour lui qu'il crache l'adresse où a été réalisée l'interview de son pote le truand...

— C'est votre boulot, je m'en fous... Ce qui est dégueulasse c'est d'avoir aligné ces paquets de faux témoignages pour démontrer que la DS roulait sans feux et que Gérard a intentionnellement foncé sur le barrage des flics... Vous aviez décidé de le flinguer, un point c'est tout et j'ai failli y passer moi aussi alors que je n'ai rien à faire dans cette histoire... Vous êtes devenus dingues...

Le commissaire le saisit par le col de sa chemise et le souleva, approchant le visage de Guyot du sien.

— Quels faux témoignages? Ton copain est embringué dans une sale affaire qui aurait pu se terminer par trois cadavres et tu viens me parler de faux témoignages! Cette salade-là tu me l'as déjà servie il y a près d'une semaine,elle n'est plus de première fraîcheur...

Guyot se débattait, hissé sur la pointe des pieds mais la poigne de Darqué était solidement ancrée à son cou.

— Vous n'arriverez pas à m'intimider : je sais ce que j'ai vu.

Le commissaire lui adressa une grimace de dégoût puis le libéra en le projetant sur le lit qui résista faiblement de ses maigres ressorts.

— Ta version ne fait pas le poids en face des déclarations des deux policiers et des touristes de l'Artel... A ta place je m'écraserais, je me ferais oublier...

— Je ne suis pas le seul à me souvenir de ce qui s'est réellement passé cette nuit-là..

Darqué s'était figé.

— Comment ça, « pas le seul »?

— Non... Moi aussi j'ai des arguments à faire valoir : j'ai enregistré le témoignage d'un locataire de l'hôtel qui a vu la DS avec un phare allumé. Il ne s'est aperçu de la présence des flics que lorsqu'ils ont branché leur gyrophare, après avoir tiré sur notre bagnole...

— C'est ça que tu es allé bricoler au Mali...

Le commissaire avait prononcé sa phrase sur le ton de l'évidence. Il prit le magnéto miniature de Guyot entre deux bouquins, sur le lit.

— ... On peut écouter : je ne demande qu'à te croire.

— La cassette n'est pas ici... Et n'importe comment je la réserve au juge Berthier.

Guyot eut la nette impression d'avoir marqué un point important dans la partie serrée qui l'opposait au commissaire de l'I.G.S. Il se coucha un quart d'heure plus tard après avoir vérifié que le reçu délivré par le militaire de l'aéroport de Bamako se trouvait toujours à sa place dans son portefeuille, plié entre les cartes de crédit. Il lut les textes du formulaire rédigés en trois langues, française, bambara, anglaise et repensa pour la première fois au défilé des éléphants devant la Mercedes garée près du Hombori.

YVES GUYOT

14 janvier, 13 h 30

Le stagiaire, un garçon d'une timidité excessive, toujours habillé de noir, les cheveux pleins de gel et surnommé par les types de l'entretien, Jeanne Mas, interrogea la pendule pour la dixième fois en moins d'une minute, espérant que Guyot surprenne l'un de ses regards. Il osa enfin.

— Il est une heure et demie... Il faut que j'y aille si je veux manger avant que ça ferme...

Yves Guyot se frotta les yeux.

— Oui... Excusez-moi... Prenez votre temps, celui-là je m'en charge tout seul.

Il avait perdu la moitié de sa matinée à remplir des papiers et à se faire balader de bureau en bureau pour régulariser sa situation, justifier son absence de la veille. Pendant quatre jours le stagiaire s'était contenté de réceptionner les pièces à holographier, de remplir des bordereaux et le travail s'était accumulé. Il passa dans le laboratoire, vérifia le bon fonctionnement des lampes inactiniques de couleur verte, la température des bains de développement et revint dans la salle des prises de vues. Il nettoya soigneusement la lentille divergente disposée devant le laser et la vitre placée quelques mètres plus loin, légèrement inclinée. Quand il eut terminé, il plaça une pièce de moteur sur la tablette installée juste derrière la vitre. Après avoir éteint la lumière il plaqua une feuille de film sensible contre la glace, fit remonter sur ses yeux les lunettes de soudeur qui pendaient à son cou, régla le posemètre et appuya sur l'interrupteur du laser. Le faisceau traversa la vitre, le film et éclaira instantanément la pièce d'avion. Il se tenait immobilisé en retrait du laser, observant la lancinante accumulation des secondes sur le cadran de contrôle. Il crut entendre une porte s'ouvrir et tourna légèrement la tête, évitant les gestes brusques pour ne pas provoquer trop de vibrations acoustiques. Guyot tendit l'oreille. On marchait dans le minuscule sas qui séparait le laboratoire du couloir. Il pensa que le stagiaire avait oublié quelque chose et tenta de se retourner une fraction de seconde trop tard. L'homme avait déjà passé le filin d'acier par-dessus la tête de Guyot. Le fil racla sur les lunettes de soudeur et emporta la peau de l'arête du nez avant de se loger dans le cou, sous la barbe. La brûlure insupportable l'entraîna vers l'arrière. Il porta les mains à sa gorge, cherchant à desserrer la pression du filin qui lui broyait le larynx et interdisait ses cris. Très vite ses bras retombèrent et sa tête s'inclina lourdement sur la gauche. Le tueur repoussa Guyot vers l'avant et s'assura qu'il ne vivait plus avant de lâcher l'une des poignées de son arme. Le faisceau du laser disparut, plongeant la pièce dans une obscurité atténuée par la lueur diffuse des deux lampes inactiniques. L'homme s'immobilisa le temps d'habituer ses yeux à la nuit verdâtre. Il s'agenouilla près du cadavre, fouilla les poches une à une, entassant tous les objets qu'il trouvait par terre à hauteur de la tête de Guyot. Après avoir effectué cet inventaire rapide il reprit chaque pièce, l'examina soigneusement avant de la remettre dans une poche de celui qu'il venait de tuer. Il opérait méthodiquement, en professionel au jugement sans faille. Le contenu du portefeuille s'étala sur la poitrine du mort et le tueur ne manifesta pas la moindre satisfaction en exhumant le rectangle de papier écrit en français, en bambara et en anglais. Il le glissa dans la pochette de sa veste, replaça le portefeuille dans le vêtement de Guyot et sortit dans le couloir en se composant le masque affairé d'un cadre d'Air-France.

Il passa inaperçu.

COMMISSAIRE LONDRIN

14 janvier, 23 heures

Je suis dans la rizière près du village de Cao-Thin, allongé dans l'eau, les coudes plantés dans la boue, les doigts repliés sur le P.M. Les Viets avancent en file indienne sur l'étroite bande de terre qui permet d'accéder aux rizières. Le casque lourd m'empêche de voir leurs visages, un défilé de jambes et de pieds nus. Dans mon rêve les premiers tirs partent sur la gauche et je me dresse en gueulant, m'arrachant au sol visqueux, l'index écrasé sur la détente. Les silhouettes s'affaissent une à une, méthodiquement, comme des canards de fête foraine. Derrière un soldat du commando hurle, essayant de couvrir le bruit des armes automatiques.

— Cessez le feu... Cessez le feu. Ce sont des gosses...

Puis il se met à nous tirer dans les jambes. Les balles font exploser la surface de l'eau, autour de moi. Je veux me retourner mais une douleur insupportable bloque ma hanche. Je m'évanouis dans mon rêve et le sommeil efface mes souvenirs. Quand je me réveillai, elle était penchée au-dessus de moi et je cherchai dans ses yeux un peu de tendresse, mais les plis amers de sa bouche disaient les années sans amour mieux qu'un calendrier. Mon regard l'abandonna et glissa vers le réveil.

— Qu'est-ce qu'il se passe ?... Je viens à peine de m'endormir !

— On te demande au téléphone. Le juge Berthier.

Je m'assis sur le bord du lit pour enfiler mes chaussons.

— Il t'a dit ce qu'il voulait ?

Ma question resta en suspens. Elle s'était déjà réinstallée sur la banquette du salon et tricotait une manche de pull en regardant une émission consacrée à la Bourse. Je ne me suis jamais habitué à l'indifférence crispée qu'elle me manifeste ; pourtant la haine que m'inspirait son attitude s'est peu à peu adoucie. Le sous-lieutenant sportif, plein d'avenir qu'elle avait épousé en 1952 s'était transformé en un flic un peu trop gras, incapable de courir sur dix mètres. Depuis plus de trente ans elle ne faisait que contempler le lent effondrement de ses espoirs d'adolescente. Je ne pense pas que l'idée lui en soit venue, mais elle aurait fait une veuve de guerre exemplaire si la balle du soldat fou s'était logée une cinquantaine de centimètres plus haut. Au lieu de ça, une halte annuelle sur une tombe de marbre incrusté de médailles, elle prépare la tambouille et tient le ménage d'un commissaire de banlieue bancal.

Le téléphone est posé sur un de ces gadgets impossibles qu'elle ramène du marché, une sorte de boîte à musique qui doit égréner les notes énervantes de « La lettre à Elise » dans l'oreille du juge Berthier. Je mis fin au supplice.

— Monsieur le juge ? Ici Londrin...

— Désolé de vous déranger aussi tardivement. Vous dormiez ?

Ça ne me coûtait rien de répondre « oui », tranquillement... Mon cerveau en décida autrement.

— Non, pas encore. Que se passe-t-il ?

Il se racla la gorge.

— Vous êtes au courant pour Yves Guyot ?

— Non, je n'ai jamais entendu parler de lui. Qui est-ce ?

— Nous l'avons vu ensemble quelques minutes, il y a une dizaine de jours, au moment de la reconstitution sur l'aéroport de Roissy... Un type pas très grand, barbu, les cheveux frisés en boule...

La scène me revint à l'esprit.

— Oui, ça y est, je le remets. Il n'était pas très content de la façon dont s'est déroulée la reconstitution... Alors qu'est-ce qui lui est arrivé ?

— Il est mort. Un assassinat. On l'a retrouvé étranglé dans son laboratoire, à Roissy. Le coup du filin.

— Ça date de quand ?

— Du début d'après-midi. Son assistant l'a découvert en rentrant de déjeuner. On l'a tué entre 13 heures 30 et 14 heures 30. Pas la moindre empreinte, rien, du travail de professionnel. J'aimerais en discuter avec vous. Vous pouvez venir à mon bureau ?

Mon regard s'arrêta sur ma paire de charentaises.

— Quand ? Tout de suite ?

— Oui, si c'est possible... Certains dossiers ne doivent pas traîner.

Je m'habillai sans que Georgette réagisse alors que depuis trois ans, il ne m'était plus arrivé une seule fois d'être appelé en pleine nuit. On me fichait la paix en attendant d'organiser une collecte et un pot pour fêter ma mise à la retraite ! Ça n'est pas dans mon tempérament, mais j'aurais pu sortir tous les soirs de la semaine en inventant les prétextes les plus improbables sans qu'elle s'autorise à émettre le moindre doute.

Je traversai la salle de séjour, m'interposant une fraction de seconde entre Georgette tricotant et François de Closets boursicotant. Je décrochai mon manteau du perroquet qui encombrait l'entrée et ouvris la porte en espérant une question, un reproche. Je descendis l'escalier vide et silencieux, une main accrochée à la rampe en me disant que je ne l'intéressais plus. Moins qu'une chose, un poids. Bizarrement, ça me fit mal.

Je dus manœuvrer la 205 de Georgette pour accéder à la DAF et m'installer au volant. Le compteur de la Peugeot indiquait moins de deux mille kilomètres alors qu'elle m'avait forcé à l'acheter deux ans auparavant. Elle avait toujours refusé de conduire une voiture équipée d'une boîte automatique bien qu'il me soit extrêmement pénible d'appuyer sur une pédale d'embrayage. Il tombait une sorte de grésil qui s'accrochait au paysage gelé. Les roues patinèrent sur la pente du garage malgré le sable et le sel épandus au matin. Je gagnai le Palais de Justice de Bobigny par le tracé de la A86, un parcours que j'empruntais rarement mais qui m'était familier dans les années soixante. L'essentiel de mes repères, un Comptoir Français, un cinéma, une caserne de pompiers, un tabac, le château d'eau de la Satam, les ponts-roulants de chez Babcock, avait disparu et des terrains en friche succédaient à une velléité de Centre Ville, à une amorce de quartier, à d'autres terrains en friche. Les cages de verre du Palais de Justice étaient illuminées. Elles semblaient flotter dans le ciel au-dessus d'un espace sombre, l'invisible et inharmonieuse muraille de brique qui le jour masquait les parkings. Le procureur m'avait invité à l'inauguration de son Palais, un an plus tôt. Je n'étais pas venu fouler la moquette neuve pour ne pas avoir à m'extasier sur le modernisme, le bon goût qui avaient présidé à l'aménagement du Temple voué à la Justice alors que nos journées de flics défilaient entre des murs crasseux, à trier ceux qui étaient trop cons pour échapper à nos griffes émoussées. On les tirait de nos commissariats-poubelles pour les transformer en vedette d'une heure et ils avaient à peine le temps de s'habituer aux lumières au verre fumé, au bois ciré, au marbre, à l'hermine qu'ils replongeaient pour un mois, un an, une vie dans les prisons-poubelles en se demandant ce que venait faire le « peuple français » là-dedans. Le juge Berthier et son secrétariat particulier occupaient trois bureaux du deuxième étage. Les fenêtres donnaient sur la passerelle et plus loin l'étrave de l'hôtel de ville encadré par des tours aux façades éteintes. Des équipes de nettoyage arpentaient les couloirs, poussant des aspirateurs, traînant des sacs gonflés par la paperasse inutile. Il m'attendait devant l'ascenseur et me prit par l'épaule pour m'accompagner jusqu'à son service. La pièce sentait déjà la poussière d'enquête, le cuir, le vieux dossier... Des chemises bourrées de documents jonchaient le sol, escaladaient les rayonnages de la bibliothèque de travail, se dressaient en piles instables sur le plateau du bureau. Il se laissa tomber dans un spacieux fauteuil de cuir et la souple armature d'aluminium épousa son poids. Il me désigna une chaise encombrée de revues de droit pénal. Je la libérai et m'assis en prenant soin de ne pas disperser les dossiers posés à mes pieds.

— Je vous remercie d'être venu aussi rapidement. Autant vous le dire dès maintenant, je compte vous confier la responsabilité de l'enquête sur l'assassinat d'Yves Guyot...

L'incrédulité dut se lire mieux qu'un sous-titrage sur mon visage car il s'interrompit avant de me demander :

— ... Cela vous étonne autant que ça ?

— Pour être franc : oui. J'ai pas mal travaillé sur le secteur et je suis bien placé pour savoir que la gendarmerie est à l'affût du moindre écart... Ils vont faire des bonds !

Le juge Berthier était un homme à l'allure solide, brun, le visage particulièrement pâle et qui dégageait une forte impression de mobilité, d'efficacité. A quarante-cinq ans, il s'était fait une réputation de sévérité, d'exigence et la rumeur préfectorale lui prêtait des ambitions politiques dans une des circonscriptions bourgeoises du département. Il me répondit en compulsant un rapport.

— Ne vous tracassez pas pour cela. La brigade de gendarmerie a déjà assez de boulot avec la tentative de braquage de Michel Coubron. C'est le commandant Tailleur qui dirige cette enquête et il n'a pas trop de tous ses hommes pour en voir le bout, d'autant qu'une bonne partie de l'effectif est mobilisée contre les attentats. Vous vous sentez d'attaque ?

Je haussai les épaules.

— Mon dernier crime remonte à quatre ans, mais je n'ai pas perdu la main ! Je connais bien Tailleur, la collaboration sera assez facile. Par contre je n'ai jamais eu l'occasion de travailler avec les gens de l'I.G.S...

Le juge me coupa la parole.

— Pourquoi auriez-vous besoin de l'I.G.S. ?

— Le commissaire divisionnaire Darqué travaille bien sur l'affaire Gérard Blanc, non ? Guyot et Blanc étaient dans la même voiture ce soir-là... Darqué sera aussi utile que Tailleur.

— Si vous voulez ; mais n'oubliez à aucun moment que ces trois affaires sont distinctes, jusqu'à preuve du contraire. L'I.G.S. est chargée d'établir les circonstances exactes de la mort de Gérard Blanc. Ce qui est arrivé avant ou après ne l'intéresse pas. Pareil pour Tailleur, à moins que vous ne découvriez que Guyot tout comme son copain Blanc était un informateur de la bande de Michel Coubron. En tout état de cause la coordination s'opère à mon niveau.

Il se leva et me remit l'amorce du dossier Yves Guyot ainsi qu'un exemplaire déjà dactylographié de la commission rogatoire par laquelle il me chargeait de l'enquête.

— C'est la Police de l'Air et des Frontières qui a établi les premières constatations. Ils étaient sur place... En d'autres circonstances je leur aurais laissé le soin de poursuivre mais ils ont assez de travail comme cela avec les poseurs de bombes. Les photos de l'identité judiciaire arriveront directement à votre bureau dans la journée de demain, j'ai passé la consigne.

Il m'accompagna jusqu'aux ascenseurs et bloqua la fermeture des portes en appuyant son index sur un bouton représentant deux parenthèses inversées.

— J'ai consulté les archives en vous attendant. Au cours des dix dernières années, j'ai repéré une quinzaine de meurtres au filin. Même méthode, même absence d'indices. Aucune des enquêtes n'a abouti...

La pression se relâcha sur le bouton.

— ... Si vous ne trouvez rien, ne vous faites pas de soucis, cela ne risque plus de gêner votre carrière.

Les portes glissèrent l'une vers l'autre à la manière d'immenses ciseaux, me réduisant au silence.

COMMISSAIRE LONDRIN

15 janvier, 0 h 50

La balade dans la nuit m'avait donné envie de traîner et je serais bien allé boire un verre si ma jambe ne s'était rappelée à mon souvenir. Je regagnai la maison et trompai le sommeil en rassemblant les articles de journaux qui relataient la mort de Gérard Blanc ainsi que ceux consacrés au casse raté de Michel Coubron. Georgette dormait dans la chambre de notre fils qu'elle avait annexée dès le soir de son départ, quinze ans auparavant. Depuis ses bras ne s'étaient plus refermés sur aucun homme. De mon côté j'avais mis du temps à me décider avant d'installer mes habitudes chez une auxiliaire de police de Bobigny affligée d'un mari dépressif qui effectuait le tour de France des cliniques.

Je me couchai pour lire les premiers éléments collectés par la P.A.F. et m'endormis si rapidement que je me réveillai au matin en serrant l'interrupteur dans mon poing.

15 janvier, 9 heures

Ghislaine Ravier m'ouvrit la porte de son appartement de Sevran et me fit entrer avant même que j'exhibe ma carte tricolore. Je la suivis dans le couloir jusqu'à une salle à manger carrée où deux gamins de cinq-six ans chahutaient, allongés sur un tapis couvert de jouets. Je me souvins que la fiche portant son nom spécifiait qu'elle gardait des mômes depuis quelques mois. Elle s'assit sur l'accoudoir de la banquette et croisa les jambes en pinçant les pans de sa robe de chambre. Mon regard glissa sur ses genoux. Je m'installais face à elle dans un fauteuil étroit.

— Commissaire Londrin. J'enquête sur la mort de votre ami Yves Guyot. Je peux vous poser quelques questions ?

Elle ramassa ses cheveux vers l'arrière en un mouvement gracieux des deux bras qui fit pointer ses seins au travers du tissu.

— Oui, allez-y. Vous voulez un café ?

— Je n'y ai pas droit. Merci. Avez-vous revu Yves Guyot après son retour d'Afrique ?

— Non. Nous nous étions disputés juste avant son départ... Il m'a téléphoné dès son arrivée et j'attendais qu'il revienne à la maison après son travail, hier soir...

Elle coupait ses phrases et respirait longuement pour ne pas perdre son sang-froid mais l'envie de pleurer mouillait ses mots.

— Que vous a-t-il raconté de son voyage ?

— Pratiquement rien... J'ignore même où il est allé ! Il semblait très inquiet, traqué...

— Il a parlé de menaces ?

— Non...

— Qu'est-ce qui vous fait dire qu'il était traqué ?

Elle ferma les yeux et se rejeta contre le bord du canapé.

— Il était persuadé que mon téléphone était sur écoutes et il changeait de cabine toutes les cinquante secondes pour échapper au repérage... Il ne voulait pas que la police le trouve tout de suite. Je suis persuadée qu'il n'avait rien à se reprocher : la preuve, il m'a dit deux ou trois fois qu'il se rendrait de lui-même au commissariat dès aujourd'hui... On ne lui a pas laissé le temps...

L'un des garçons grimpa sur ses genoux et ses gestes désordonnés ramenèrent la robe de chambre très haut sur ses cuisses.

— Vous avez une idée sur ce qu'il est parti chercher là-bas ?

Ses sourcils s'incurvèrent, agrandissant ses yeux.

— Non... Il m'a annoncé que Gérard avait été tiré comme un lapin... Qu'il avait mis la main sur un témoin et que ça fichait la version de la police par terre. Je lui ai répondu que les journaux écrivaient la même chose depuis deux jours : il n'était pas au courant pour la tentative de vol.

Je notai soigneusement les déclarations de Ghislaine Ravier et l'intervention d'Yves Guyot auprès du juge Berthier, la nuit de la reconstitution, me revint en mémoire.

— Vous pouvez m'indiquer à qui appartenait la DS que conduisait Gérard Blanc quand il s'est fait tuer ?

Elle souleva le garçon qui commençait à s'endormir contre sa poitrine et recouvrit ses jambes.

— Elle est à mon frère, Jean-Pierre... Il l'avait prêtée à Yves parce que notre Renault 11 était en révision... Ils rentraient souvent du travail à plusieurs : Yves, Gérard et Robert Jantil... Cette nuit-là Gérard tenait le volant mais ç'aurait pu être Yves... N'importe comment je ne vois pas ce que ça change aujourd'hui... Ils sont morts tous les deux...

Je me levai en prenant appui sur ma jambe valide.

— Votre frère a récupéré sa voiture ?

— Oui, mais je ne crois pas qu'il ait envie de la garder. Il va s'en débarrasser le plus vite possible. Elle lui donne le cafard.

— Vous savez où je peux le trouver ce matin ?

Ghislaine se pencha pour déposer le gamin sur les coussins.

— Il travaille chez Cinexpress à Stains, près de la mairie.

Je demeurai immobile dans la DAF tandis que le moteur montait en régime, me demandant si Gérard Blanc serait encore en vie dans l'hypothèse où Yves Guyot aurait été tué à sa place, au volant de la DS. Malgré mes efforts de réflexion, je ne comprenais pas où de telles suppositions pouvaient me conduire.

A Stains, le quartier de la mairie ressemblait à une cité construite en pain d'épice. Des bâtiments de faible hauteur, trapus, aux façades jaunes sur lesquelles s'accrochaient des balcons massifs, encadraient une rue en béton lézardée, flanquée de larges trottoirs. Toute la gamme des commerces de détail occupait les rez-de-chaussée, comme une exposition de nécessaire de survie. La société Cinexpress se cachait à l'arrière d'un bâtiment qui donnait sur une place agrémentée d'un jardin public où des gosses avaient édifié un bonhomme de neige. Deux chiens en divagation lui reniflaient l'assise. Dans la cour, un Pakistanais en turban, le corps protégé par un lourd tablier plastique, lavait d'immenses toiles encadrées de bois à l'aide d'un jet agressif alimenté en pression par un moteur aussi bruyant qu'un marteau-piqueur. Je pataugeai dans l'eau où se dissolvaient les couleurs. Une dizaine d'ouvriers travaillaient dans un atelier éclairé par des rampes de néons. Le plus proche me tournait le dos. Il venait de tremper un gros pinceau dans une boîte de peinture et d'un seul geste du bras qui prit naissance au bas de la toile, il traça le contour d'un visage, ondulant la chevelure en se hissant sur la pointe des pieds. Il plaça rapidement les yeux, le nez, la bouche et le temps que j'identifie Depardieu, il attaquait déjà le visage de Pierre Richard. D'autres toiles séchaient, appuyées contre les murs. « Le nom de la rose », « Down by law », « Faubourg Saint-Martin », « David et Goliath ». J'attendis que le peintre soit à sec et m'approchai de lui tandis qu'il plongeait son pinceau dans la peinture.

— Je cherche Jean-Pierre Ravier.

Il me toisa et se mit à gueuler au lieu de me répondre.

— Pierrot, c'est pour toi.

Un grand type en jeans, des cheveux jusqu'aux épaules se détacha d'un nu multicolore laissant le titre en suspens « Les chattes moui... » Il traversa l'atelier, le dos voûté, les mains enfoncées dans les poches de sa veste de bleu constellée de taches de peinture et se planta devant moi.

— C'est à quel sujet ?

Je me contentai d'ouvrir mon portefeuille et le coin de carte barré de tricolore produisit son effet habituel.

— Votre sœur m'a dit que vous aviez récupéré votre voiture. Est-il possible de la voir ?

D'une tape du doigt il fit tomber la cendre du mégot bloqué dans un coin de sa bouche.

— Vous arrivez à temps, je dois la conduire à la casse cet après-midi...

Ses épaisses moustaches se soulevaient au rythme des mots. Juste au-dessus de l'endroit où ses lèvres pinçaient le résidu de cigarette à papier maïs, la chaleur avait grillé les poils, jauni la peau.

— ... Elle est au fond, dans la cour. Qu'est-ce qu'il se passe ? Je croyais que vous aviez terminé...

Je lui emboîtai le pas. Il fit glisser une large cloison qui s'ouvrait sur une seconde cour placée à l'arrière du bâtiment et qui à l'évidence servait à entreposer le matériel inutile. La DS était garée en position basse, avec cet air fatigué, affaissé des vieilles Citroën.

— Pourquoi vous en séparez-vous ?

— Les longerons sont complètement bouffés. Au

moindre accrochage elle risque de se couper en deux ! C'est le défaut des bagnoles de cette époque, les R16, les DS... Le bas de caisse... Ça peut se refaire mais c'est pas très légal et faut trouver le garage ! Quand je l'ai reprise les flics... enfin vos collègues ont bien insisté là-dessus... Pour eux c'était une épave dangereuse.

Sa voix était tellement éraillée qu'on avait envie de tousser pour le soulager. Je me baissai et passai la tête à l'intérieur de la voiture par la fenêtre pulvérisée du conducteur. On avait lavé, essuyé les fauteuils en skaï. Seuls les éclats de verre et la perforation dans la portière rappelaient le drame.

— Vous connaissiez bien Gérard Blanc ?

— Oui... C'est aussi pour ça que je la fous à la casse... Je ne pourrais plus jamais rouler sans penser à lui.

— C'est à lui que vous l'aviez prêtée ?

Il décolla de ses lèvres le minuscule mégot imbibé, l'examina longuement puis le remit à sa place.

— C'est pas la peine d'essayer de me piéger. C'est Yves qui me l'a demandée. Sa voiture était en révision... Il savait que je ne me servais pratiquement plus de la DS à cause des longerons... Elle tournait juste pour frimer ou dépanner un copain, pas plus.

— Vous pouvez brancher les veilleuses et les phares ?

Jean-Pierre Ravier s'installa au volant pour manœuvrer les manettes. Les veilleuses, les codes et phares s'allumèrent tour à tour.

— Très bien, ça marche. Ouvrez le capot, j'ai envie d'y jeter un œil. Vous avez un tournevis ?

Il farfouilla dans la boîte à gants et me tendit un petit tournevis à manche orange. Je fis sauter le dessus de la boîte à fusibles et remarquai qu'ils n'avaient pas été changés récemment. Je m'intéressai ensuite à l'avant de la Citroën pour constater que les ampoules étaient neuves. Je remis tout en place et refermai le capot. Le peintre m'observait, un coude posé sur le toit de la voiture.

— Vous avez trouvé ce que vous cherchiez ?

Je tirai délicatement mon mouchoir de la poche de mon manteau et m'essuyai les mains.

— Vous l'entreteniez régulièrement, non ?

Il dodelina de la tête en soufflant.

— Oh, c'est vite dit... Il aurait fallu remplacer les plaquettes pour bien faire... Là-dessus il y en a pour plus de deux mille francs... On a le temps de réfléchir ! La vidange, ça c'est pas sorcier quand on a la clef...

— Et c'est vous qui avez mis des lampes neuves ?

— Il y a des lampes neuves ?

— Oui, ça ne fait aucun doute. Vous l'avez portée au garage ces deux dernières semaines ?

Il s'était accroupi devant la voiture et tentait d'apercevoir les ampoules au travers des verres de phare.

— Non, je ne comprends pas...

— Moi non plus. Si ça ne vous gêne pas, je préférerais que vous la gardiez encore quelques jours. C'est possible ?

Jean-Pierre Ravier tordit l'extrémité de sa moustache entre ses doigts.

— Oui, tant que le patron ne gueule pas... Prévenez-moi quand vous n'en aurez plus besoin.

Une idée me vint soudain à l'esprit.

— Faites marcher les essuie-glaces pour voir...

Jean-Pierre Ravier revint à l'avant de la DS et commanda les manettes en se penchant à l'intérieur. Il insista plusieurs fois et se releva.

— Les fusibles ont dû lâcher, ça ne se met plus en route.

Nous rejoignîmes l'atelier. Il se remit aussitôt à ses « Chattes moui... ». Près de l'entrée, Richard et Depardieu me fixaient dans les yeux tandis que celui qui les avait tracés noircissait le corps du S final de fugitifs.

Il neigeait pour la huitième ou dixième journée consécutive. Cela me forçait à d'infinies précautions et dès que je le pouvais, je longeais les murs pour profiter des moindres espaces dégagés où j'entrais en concurrence directe avec les vieux et les handicapés. Quelques grains de poudreuse s'accumulaient déjà sur les balais des essuie-glaces de la DAF. Les paroles du juge Berthier me trottaient dans la tête alors que je roulais vers Roissy en empruntant les routes secondaires par Arnouville et la Patte-d'Oie de Gonesse. « *Si vous ne trouvez rien, ne vous faites pas de souci.* » Je commençais à me demander s'il avait dit la même chose à Darqué, de l'I.G.S...

COMMISSAIRE LONDRIN

15 janvier, 11 h 45

Le gardien du parking de la cité Air-France observait les consignes au pied de la lettre. Tout juste s'il m'autorisa à pénétrer dans les sous-sols du bâtiment, se demandant si ma carte avait autant de valeur qu'un badge. L'ascenseur me déposa dans un couloir gris peuplé de gens soucieux et silencieux. Une mince pancarte autocollante rajoutée au bas d'un panneau répertoriant les services m'indiqua que le laboratoire d'holographie se situait sur la gauche. Cette partie des bureaux semblait plus calme et je ne croisai personne avant de m'immobiliser devant la porte du labo. Je cognai. Un adolescent aux cheveux sombres dressés au milieu du crâne vint m'ouvrir.

— Eddy Duval ?

Le jeune garçon approuva d'un mouvement de la tête qui ne dérangea pas sa coiffure figée. Il était intégralement vêtu de noir, jusqu'à ses ongles recouverts d'un vernis de même couleur.

— Ce n'est pas courant comme prénom...

Le rouge lui monta aussitôt aux joues.

— Non... C'est à cause de mon père, il adorait les Chaussettes Noires...

En trente ans de carrière j'avais connu des centaines d'originaux de son espèce. Plus ils se singularisaient et plus ils étaient fragiles. En toute logique, c'était des gars qui auraient dû s'habiller couleur passe-muraille et se peigner en brosse pour se faire remarquer le moins possible. Je ne sais quelle aberration du raisonnement les poussait à se fabriquer les pires têtes qui soient : la banane crêpée dans les années soixante, les tifs des Christs souffreteux des années soixante-dix, et maintenant le concours du plus hideux « Dernier des Mohicans » ! A croire qu'ils se prenaient tous pour des figures de jeu de massacre...

— Vous êtes de la police ?

— Oui. C'est bien toi qui as découvert le corps d'Yves Guyot...

Ses yeux se mouillèrent. Visiblement il ne s'en était pas encore remis.

— Oui, en rentrant de déjeuner, hier.

— J'ai lu ta déposition... Tu n'as rien à y ajouter ?

— Non, j'ai répondu à toutes les questions qu'on m'a posées. Je suis arrivé le premier, c'est tout.

Je m'assis sur une chaise après avoir quitté mon manteau que je posai sur mes genoux.

— Il y a peut-être des questions qu'on a oublié de te poser ou bien qui ne se posaient pas hier... Tu travaillais depuis quand avec Guyot ?

— Je tourne dans tous les services mais je suis à l'holographie depuis un mois.

J'appuyai mon calepin sur mes vêtements et notai.

— Très bien. Yves Guyot a repris son travail hier matin après une absence de plus d'une semaine Vous avez sûrement eu le temps de discuter, non ?

— Oui, bien sûr... Il est arrivé en milieu de matinée. Assez énervé par les filles du bureau du personnel. Il revenait du Mali...

Je relevai brusquement la tête.

— Du Mali... Il te l'a dit ?

Eddy me regardait, incrédule.

— Oui... C'est important ?

— Je n'en sais rien, c'est une information inédite... Tu n'as pas une idée de l'endroit où il a dormi avant de venir travailler ?

— Il m'a parlé de l'hôtel Artel comme quoi c'était à peine au-dessus d'un foyer Sonacotra. J'ai l'impression qu'il logeait là-bas... C'est juste une impression... Pourquoi vous le notez ?

— Disons que je m'intéresse aux impressions ! Il avait l'habitude de rester seul le midi et de sauter son repas ?

— Non. Il mangeait avec ses amis, au self-service. A cause de son absence, le travail en retard s'était accumulé. Il voulait en liquider une partie. Quand je suis revenu on lui avait à peine laissé le temps de réaliser son dernier hologramme. Je l'ai développé... Une reproduction de pièce de Boeing en trois dimensions... La trace finale de sa vie...

Je me mis à redouter qu'il éclate en sanglots, empêtré que j'étais dans les sentiments contradictoires que ce môme déguisé en épouvantail faisait naître en moi. Il parvint à se maîtriser et me tendit un rectangle de plastique opaque. Je le pris par les bords et le portai devant la lumière.

— Il n'y a rien dessus...

— Si, mais ça se lit avec un laser. Vous voulez voir ?

Je me levai et remis mon manteau.

— Tu es gentil, merci, mais j'ai déjà vu des hologrammes. On essaie de ne pas trop prendre de retard dans la police.

Ma main se posa sur son épaule.

— Tu n'as pas une semaine ou deux de vacances qui traînent ? A ta place j'essaierais de changer d'air : l'angoisse, ça fait tomber les cheveux.

COMMISSAIRE LONDRIN

15 janvier, 22 h 50

J'étais passé à l'Artel dans l'après-midi. Aucun Guyot ne figurait sur la liste des clients et l'employé qui l'avait certainement accueilli la veille sous un nom d'emprunt, était en congé pour trois jours. Je notai son adresse bien qu'on me précisât qu'il skiait du côté de la Tarentaise. J'avais également interrogé plusieurs collègues de Guyot ; Robert Jantil m'avait confirmé la destination du Mali, les autres avaient alterné regrets et compliments. Pas plus de succès à la gendarmerie : le commandant Tailleur supervisait le départ d'un zinc sensible, un vol d'El Al et se baladait dans son engin blindé sur la piste numéro 2 Son adjoint inventoriait le « matériel-catastrophe », notant le nombre de trousses d'urgence, de lampes-torches, de sacs à cadavre empilés au-dessus de l'armoire de son bureau.

— On a une dizaine d'alertes à la bombe par jour, en ce moment... On ne fait que courir après les bagages suspects, les sacs abandonnés... Les gens ont peur, pire que s'ils étaient lâchés en pleine jungle ! Coubron peut dormir tranquille : on n'a pas trop de temps à lui consacrer.

J'avais promis de revenir et j'étais repassé de l'autre côté de l'autoroute, à l'aérogare numéro 1. Je n'aimais pas trop les parkings encaissés, moulés dans le béton. Les deux C.R.S. en armes s'étaient précipités dès que la DAF avait pilé devant la porte 8, sous la voûte de ciment. La vue de ma carte leur fit ravaler leur agressivité naturelle. Je montai sur la gauche à l'étage arrivée. Le bar du « Point Rencontre » ressemblait toujours à un passeport pour la déprime. Tous juste s'il ne battait pas les troquets de gare dans leur spécialité. Une demi-douzaine de chauffeurs de taxi échangeaient des adresses, des combines, les cheveux au ras des bouteilles suspendues par le col. D'autres clients poussiéreux regardaient tiédir leur bière, affalés sur les chaises de jardin vert épinard qui constituaient la seule nouveauté depuis ma dernière visite, des années plus tôt. Des passagers fatigués poussaient leurs caddies chargés de bagages instables vers la sortie du supermarché du voyage, suivis par une armada de femmes de ménage en blouses bleues qui effaçaient leurs traces. Là-dessus flottait la voix F.I.P., sensuelle en permanence, annonçant les provenances. La tête du barman ne me disait rien. Je me faufilai dans un ascenseur derrière deux hôtesses qui se chuchotaient leurs impressions.

— Quand l'avion a chuté de cinq cents mètres, j'ai eu du mal à m'en remettre...

— Heureusement qu'ils dormaient presque tous...

Je sortis à l'étage boutiques et commençai à tourner autour du cœur de l'aérogare dans le couloir flanqué de snacks, de pizzerias et d'étalages de produits de luxe. Ça sentait le croque-monsieur, le fromage chaud. Dans un couloir, à droite, mal éclairé par un néon clignotant, deux gosses, des Anglais, jouaient sur des machines à écran à faire exploser le monde. Des Tours Eiffel dorées se balançaient, épinglées à leurs blousons. Aucun des téléphones que je rencontrai n'acceptait d'argent, ils avaient tous opté pour la carte à puce, ce qui constituait un bon alibi à opposer aux reproches de Georgette. Un charter s'était déversé dans « les embarcadères », un restaurant façon Club Méditerranée, prenant d'assaut les buffets de hors-d'œuvre et le tonnelet de beaujolais. Je repartis pour un tour et finis par m'accouder au bar de la poste près d'une rangée de cylindres violets et rouges en alternance, censés égayer les lieux. Le barman, un Antillais blasé, souleva le menton en me regardant.

— Une saucisse chaude et un demi.

J'observai son manège le temps qu'il me serve. Il enregistra une dizaine de commandes, sans prononcer un mot ; il fallut qu'il réponde au salut d'un client régulier pour que j'admette qu'il n'était pas muet. Je badigeonnais consciencieusement la saucisse de moutarde quand un grand type qui buvait à une des tables recouvertes de tissu rouge situées de l'autre côté du couloir de circulation se leva et se dirigea vers moi, aussi droit que le lui permettait son état. Il tanguait en agitant ses glaçons à la manière d'un second couteau de série B. Il s'accrocha au bar et le verre choqua le zinc.

— Bonsoir commissaire. Vous partez en voyage ?

Il était rare, sinon exceptionnel, que je n'identifie pas immédiatement un malfrat, un indic, un témoin avec qui j'avais eu affaire, même des années auparavant. Je détaillai ses traits, posément, effaçant la moustache mal taillée, la barbe, les poches sous les yeux, gonflées par l'alcool...

— Bonsoir. On se connaît ?

Il se renversa en arrière pour assécher son verre, aspirant les dernières gouttes entre les glaçons et se mit à rire en soulevant les épaules.

— On se connaît... Bien sûr qu'on se connaît : on a même travaillé ensemble, commissaire !

Je passai en revue la cohorte des flics qui avaient bossé sous mes ordres depuis quinze ans, des gros, des petits, des cabochards, des ambitieux, un végétarien, deux pédés honteux, une nymphomane, des alcooliques par dizaines... Même dans sa catégorie, son visage ne trouvait pas sa place. Je fis signe au barman de refaire le plein.

— Désolé, je dois être fatigué, je ne me souviens plus.

Il semblait encore assez jeune, trente-cinq ans peut-être, mais le sang dans le blanc des yeux, la couperose, le tremblement des mains indiquaient une consommation élevée.

Le bord du verre tinta contre ses dents.

— Courvilliers, ça ne vous rappelle rien ? L'affaire Werbel...

J'ouvris la bouche, médusé.

— Vous êtes... Non c'est pas vrai ! Vous êtes l'inspecteur Cadin ?

Il me gratifia d'un clin d'œil complice.

— Exact. En plein dans le mille...

— On a travaillé ensemble, c'est vite dit... On a dû se croiser une fois ou deux, tout au plus. On vous a muté à l'époque... Où est-ce que vous avez atterri ?

— Ils m'ont fait visiter la France. Six mois ici, trois mois ailleurs... Ils attendaient que je me salisse les mains, que je suive le troupeau... Je suis parti à temps...

Je croquai dans la saucisse dont l'enveloppe craqua comme du plastique.

— Vous n'êtes plus flic ?

— Non. Terminé depuis deux ans. Je me suis usé tout seul dans mon coin comme une savonnette sous la douche. J'ai essayé de monter une agence de détective privé mais c'est dix fois plus dégueulasse que le boulot de flic ! Et vous commissaire, bientôt la quille ?

La quille ! C'est à cause d'elle que j'était devenu flic, à cause de cette quille à la traîne. Il avait trouvé le mot juste, sans le savoir

— Plus que deux ans, je pars en avance grâce à mes années de guerre. J'ai fait l'Indo...

La bière était fade, éventée. Cadin récupéra le tabouret d'un client qui réglait ses consommations. Il baissa la voix.

— Vous êtes sur un coup ?

— Oui, si on veut. Je me mets en situation.

Son regard s'alluma.

— Lequel ? Le casse de Michel Coubron...

— Non, c'est la gendarmerie qui suit cette affaire. Moi je m'occupe du jeune type liquidé au filin...

D'un seul coup j'eus l'impression de ne plus avoir le même homme en face de moi. Il s'était redressé et ses mains ne tremblaient plus. L'odeur de la piste réveillait en lui l'instinct de chasseur.

— On en parle beaucoup sur l'aéroport. Alors, vous avancez ?

— Je démarre... J'ai appris que le gars a effectué un voyage de quatre jours au Mali et qu'il logeait à l'Artel, sous un faux nom que je ne possède pas encore... C'est un début, on verra où ça mène...

Cadin pinça sa lèvre supérieure entre ses incisives et des rides plissèrent son front dégarni.

— Une drôle de coïncidence qu'il soit allé à l'Artel et au Mali... Il s'agit bien du survivant de la fusillade...

J'avalai ma dernière bouchée de saucisse.

— Oui, pourquoi ?

— Il ne faut pas lire que les faits divers : il y a autre chose dans les journaux ! La nuit où son copain s'est fait allumer par nos chers collègues, le dernier étage de l'Artel était bourré de Maliens en instance d'expulsion... Si dans une enquête on tombe deux fois sur Mali et deux fois sur Artel, j'ai l'impression que c'est dans cette direction qu'il faut fouiner...

Le garçon répondit à ma sollicitation muette en noyant les glaçons sous deux mesures de scotch.

— Je crois que je vais adopter le même raisonnement.

Cadin trinqua avec mon demi posé sur le comptoir.

— Je garde tous les journaux, depuis des mois... Il y en a des piles partout dans ma chambre... Un de ces jours ils vont me jeter dehors... Si je relis tous les articles consacrés à cette affaire, je suis certain de trouver encore autre chose sur le Mali et l'Artel ! On passe à la maison ? J'ai une piaule à Villiers-Le-Bel...

La perspective d'un tête-à-tête avec un alcoolique imbibé ne m'enchantait pas. Je dénichai une parade :

— J'ai un dossier assez complet dans le coffre de ma voiture. Avec un peu de chance on mettra peut-être le doigt sur le bon passage.

Le barman me rendit quelques pièces blanches en échange de mon billet de deux cents francs. Nous remontâmes dans la zone départ. Un C.R.S. se reposait, appuyé sur la DAF. Il se redressa en nous apercevant. Je pris ma sacoche et nous nous installâmes à l'avant, dans la lumière du hall. Cadin se mit à lire la série d'articles que j'avais découpés et classés la veille, avant de me coucher. Il ne gardait chaque feuille qu'une dizaine de secondes, photographiant les textes davantage qu'il ne les lisait. Il s'arrêta sur un article du *Figaro* concernant la mort de Gérard Blanc le lut doucement une fois, pour lui-même, puis à voix haute :

« *Deux voyageurs arrivant d'Afrique en transit à Roissy, Mme Catherine Girard et M. Gilles Carpo, des industriels français installés à Camberra (Australie) se sont mis en relation avec la police et confirment les déclarations du brigadier Alain Leduc et du policier Jean-Paul Andrini. De la fenêtre de leur chambre de l'hôtel Artel, la 715...* »

— Voilà, troisième coïncidence : ils arrivent d'Afrique, peut-être du Mali et dorment à l'Artel avant de s'envoler pour l'Australie... Il faut vérifier tout cela, commissaire...

Je reclassai les documents.

— Oui, mais ça m'étonnerait qu'ils me signent une note de frais pour un voyage autour du monde. J'enverrai des télégrammes en espérant qu'on me réponde !

— C'est une solution, mais sûrement pas la meilleure.

Le ton sentencieux de Cadin m'amusa.

— Vous en avez une autre à me proposer ?

— Oui... Passez un coup de fil à Dalbois, aux Renseignements Généraux...

Je l'interrompis.

— Dalbois, celui du Carrefour du Développement ?

— Non, lui c'est Dellebois et il bosse à la D.S.T... Dalbois est à la Direction Centrale des R.G. Service de l'Information Particulière... Il me devait des infos... Une vieille histoire à Strasbourg. Dites-lui simplement mon nom, ça va lui foutre la trouille et il lâchera peut-être quelque chose...

— Vous avez son adresse personnelle ?

— Je l'aie eue... Il habitait dans une sorte de pyramide, à Marne la Vallée... Un véritable dépotoir pour promoteur. C'est le seul coin du monde où chaque architecte peut déposer sa merde à côté de celle du voisin, sans qu'on lui montre le caniveau...

Il s'endormit dans la minute suivante, presque en parlant. Je tirai le portefeuille qui dépassait de sa poche et découvris une lettre où figurait le nom de sa rue, à Villiers le Bel. Une heure plus tard, le gérant d'un hôtel-restaurant minable planqué en retrait de la Nationale 16 m'aidait à le monter dans sa chambre, en pestant contre le destin qui ne lui envoyait que des clients au bout du rouleau.

A part moi, je pensais que tant qu'il y a du rouleau, il y a de l'espoir.

COMMISSAIRE LONDRIN

16 janvier, 8 h 10

Elle croquait ses céréales en regardant télé-matin, et l'insupportable croustillement de la mastication s'interrompait à intervalles réguliers pour laisser place au bruit de succion, une série de brèves aspirations, qu'elle produisait en buvant son thé brûlant. Je traversai lentement la salle de séjour, m'attendant à subir, à chaque pas, ses reproches. J'atteignis la cuisine sans encombre et me préparai un café. Quelques flocons de neige dansaient devant les vitres. Je pris une douche, m'habillai. L'odeur lourde de kérosène imprégnait tous mes vêtements. Cela dépendait des jours : le plus souvent, après nos disputes, elle me harcelait de questions, de réflexions auxquelles je répondais en bougonnant. Le plus redoutable c'était comme aujourd'hui, quand elle jouait à la grande muette et installait une tension explosive dans l'appartement par son seul silence. Je passai près d'elle alors que le générique de « Jeunes Docteurs » défilait sur l'écran et m'installai dans le bureau. Je pianotai sur le cadran du téléphone. La sonnerie n'eut pas le temps de résonner qu'une voix aiguë m'agaça le tympan.

— Direction centrale des Renseignements Généraux. J'écoute...

J'éloignai le récepteur.

— Je voudrais parler à M. Dalbois, à l'Information Particulière.

La même voix, au même diapason, mais plus lointaine :

— Ne quittez pas.

Pendant une minute le téléphone fut peuplé de bruits bizarres de vieux standard, comme si les numéros de postes s'enclenchaient mécaniquement. Une autre voix :

— Qui demandez-vous ?

J'eux le sentiment d'être entré dans son bureau par effraction.

— Dalbois... Je suis bien à l'Information Particulière ?

Il dédaigna la question et aboya de nouveau.

— C'est de la part de qui ?

— Commissaire Londrin attaché à la préfecture de Bobigny. Je suis à la maison pour le moment mais vous pouvez me rappeler au bureau d'ici une heure. Pour vérifier.

Ma sortie eut le don de le radoucir même s'il lui restait encore pas mal de chemin à parcourir pour approcher l'Humain. Il prit mon numéro et le téléphone sonna un quart d'heure plus tard. Il était tout à fait aimable.

— Désolé commissaire, Dalbois ne travaille plus dans nos services depuis un an...

— Vous savez où je peux le joindre ?

— C'est important ?

— Oui... J'enquête sur un meurtre. Il se pourrait que Dalbois sache deux ou trois choses intéressantes.

Il y eut un long silence. L'ombre de Georgette brisa, en passant, le rayon de lumière qui filtrait sous la porte du bureau.

— A votre place je mettrais mes billes ailleurs, commissaire. Dalbois s'est fait virer... Il n'était absolument pas fiable.

— Eh bien, c'est pas de chance. Un tuyau crevé de plus... Qu'est-ce qu'il devient maintenant ? Ça ne doit pas être facile de se recycler après un passage dans les R.G...

Sa voix fit quelques soubresauts, comme s'il apprenait à rire.

— Non, en règle générale, on y entre pour la vie. Aux dernières nouvelles il a monté une boîte d'installation de systèmes de sécurité. Dans la région de Roissy...

Je raccrochai et me mis aussitôt en relation avec la préfecture. Je réussis à coincer un jeune inspecteur, Dupré, pas assez endurci pour laisser un téléphone sonner dans le vide.

— Dupré ? Londrin à l'appareil. Ecoute : tu lâches tout et tu essaies de me dégotter l'adresse d'une boîte d'installation de système-sécurité fondée au plus tard, il y a un an, par un certain Dalbois. Fais les bottins, le minitel en premier, on ne sait jamais. Elle se trouve dans la région de Roissy. S'il n'y a rien tu files à la Chambre de Commerce du Val d'Oise, à celles de Seine-et-Marne et de Seine-Saint-Denis... Epluche les déclarations des douze derniers mois. Je te rappelle en fin d'après-midi..

Il se racla la gorge.

— Je ne peux pas, commissaire...

— Comment ça tu ne peux pas ! C'est lié au meurtre de Guyot. Le reste peut attendre..

— On a tous reçu une affectation d'urgence après le coup du métro...

— Quel coup du métro ?

— Vous n'êtes pas au courant... Ils en parlent sur toutes les radios...

— Non, je suis rentré tard, je me lève. Alors...

— Ce matin à sept heures et demie, sur la ligne 2 entre Etoile et Ternes, un type a repéré un paquet suspect posé par terre, dans le wagon. Il l'a balancé sur la voie, par la fenêtre. La R.A.T.P. a bloqué le trafic. Dedans, les artificiers ont découvert cinq kilos de plastic et un détonateur... On a frôlé de justesse une catastrophe majeure. Le Ministère nous a tous consignés. Je suis affecté à la surveillance de la station Picasso-Préfecture...

— Qu'est-ce que c'est que ces conneries ! C'est un boulot de casquette, pas d'inspecteur... Tu laisses tomber le métro et tu files à Pontoise et Melun si nécessaire. Je te couvre auprès de Mancini à la sous-direction des services. Dalbois. Tu as noté ?

J'écrivis rapidement un mot « Ne m'attends pas pour manger ce soir » et le posai sur la table de la cuisine après avoir enfilé mon manteau. A l'hôtel Artel on m'attribua une table de la cafétéria. Je compulsai les registres d'arrivées au son du percolateur. Une trentaine d'hommes seuls avaient retenu une chambre la nuit précédant le meurtre de Guyot. J'en dressai la liste, inscrivant le numéro de la chambre en regard du nom. Je libérai la place vers midi devant l'afflux des consommateurs et commençai à interroger le personnel de la réception, les femmes de ménage, les employés de restauration sur chacun des clients. A cinq heures ma liste s'était réduite à trois noms : Bernard Janvier, François Buzon et Didier Gand, trois voyageurs dont le signalement correspondait à celui d'Yves Guyot. Il ne me restait plus qu'à passer le relais à Dupré.

COMMISSAIRE LONDRIN

16 janvier, 18 h 25

En octobre 1913, le 15 pour être précis, Emmanuel Ronin, un pionnier de l'aéropostale, relia Villacoublay à Bordeaux, aux commandes d'un Morane-Saulnier équipé d'un moteur Gnome. Il n'avait pas risqué sa vie pour rien puisqu'une photo commémorait son exploit au bout du hall du terminal B, à l'entrée du bar « Les françaises ». Je venais rarement dans l'aérogare numéro deux. La première, le fromage, avait pris un sacré coup de vieux et ressemblait chaque jour davantage à un centre commercial, mais on arrivait encore à se surprendre, à s'égarer dans ses couloirs circulaires... Dès l'ouverture, les terminaux A et B avaient affirmé leur stricte vocation utilitaire. On pouvait se croire à Montparnasse ou dans n'importe quelle gare S.N.C.F. rénovée. La même ambiance, le même climat, un peu d'électronique en plus. Je m'assis dans un des fauteuils blancs, en fer tressé, trop profonds, me demandant qui pouvait bien fabriquer ces pièges et comment un homme en sortait. Deux tables plus loin un bien plus âgé que moi se posait des questions identiques. Il finit par rallonger son pourboire d'un franc et s'agrippa à la main que lui tendit le garçon. La pensée m'effleura que ce dernier bricolait des fauteuils le week-end pour, la semaine, racketter les retraités assoiffés. Je sirotai mon demi et me relevai en prenant appui sur une poutre miraculeuse contre laquelle s'appuyait aussi la photo d'Emmanuel Ronin.

Dupré revenait tout juste de Pontoise quand je l'appelai depuis le hall.

— J'ai obtenu votre renseignement, commissaire. Dalbois a déclaré une S.A.R.L. le 12 juin dernier... S.V.P. Services, enfin le titre exact est « Si Vis Pacem Services »... Ça ne veut pas dire grand-chose...

— Si, mais en latin : « si vis pacem para bellum », si tu veux la paix, prépare la guerre. Pour une boîte spécialisée dans la sécurité, reconnais que ce n'est pas mal trouvé. Tu as l'adresse ?

Je l'entendis tourner les pages de son calepin, un de ces petits blocs à couverture jaune reliés sur la tranche supérieure que la mère Louboutin fournissait chaque mois avec parcimonie.

— Le siège social de la société : 12 rue de l'Epiais au Mesnil-Amelot. Vous avez téléphoné à Mancini ?

Je mentis.

— Oui, pas de problème...

En me promettant de motiver rapidement l'escapade de Dupré à Melun.

— J'ai encore besoin de toi... Note ces trois noms : Bernard Janvier, François Buzon et Didier Gand. Je veux que tu étudies les listings des vols départ et arrivée de Roissy 1 et 2 pour les journées du 13 et du 14 janvier. Yves Guyot se cachait sous un pseudo, ce sera obligatoirement celui des trois noms qui ne figurera nulle part. Je te rappelle demain en fin de matinée ; tu devrais avoir fini, tout est sur ordinateur...

Une brume bleue flottait au-dessus des parkings, dans la fosse, entre les parenthèses des terminaux. Je récupérai ma D.A.F. et sortis vers Tremblay. La route périphérique contournait l'aéroport jusqu'après Mitry-Mory et de là, on tombait sur une nationale rectiligne, sinistre, coincée entre les grillages de Charles de Gaulle et des étendues sans fin de neige ondulant sur les sillons des champs de betteraves. On avait déjà sonné le couvre-feu au Mesnil-Amelot : je ne croisai personne en traversant la rue centrale du bourg. La rue de l'Epiais donnait dans la rue de Paris, sur la gauche et elle menait à la frontière de l'aéroport. Deux fermes massives, enfoncées dans la nuit succédaient à quelques maisons anciennes aux façades irrégulières. Des chiens craintifs aboyaient par intermittence en tirant sur leur chaîne. Le numéro douze était relégué en bout de rue, après une série de potagers ; la grille rouillée courait depuis un chemin de campagne jusqu'au bord de la départementale. Je me garai devant la porte. Quatre bouts de fil de fer torsadé retenaient une plaque, « S.V.P.-Services », gravée dans le métal. Une poignée pendait, reliée à un fil. Je l'agitai et cela déclencha un bruit de ferraille dans une des pièces de la vaste maison en forme de fer à cheval où Dalbois travaillait. Une quinzaine de vieilles voitures encombraient la cour, une Dauphine, une 203 fourgonnette, une Ariane rouge et crème, une 403 ambulance... Un festival d'ailes déchiquetées, de bas de caisse percés, de chromes piqués, l'antichambre de la casse ! Une lumière s'alluma au premier étage du corps de bâtiment central, puis une autre, au rez-de-chaussée, vers la départementale. Une porte s'ouvrit en raclant le sol, sur le côté gauche de la bâtisse. Une forme noire, rapide, slaloma entre les épaves et finit sa course en sautant sur le rebord intérieur du muret.

— Bandit... Viens ici !

Le chien avait passé une patte entre les barreaux. Il sollicitait les caresses en griffant ma manche de manteau. Son maître réitéra l'ordre sans plus d'effet et se résigna à traverser la cour enneigée. La silhouette était massive, la démarche lourde. Il s'immobilisa à un mètre de la porte, siffla le chien qui cette fois obéit et vint se rouler à ses pieds en signe de soumission.

— Qu'est-ce que vous voulez ?

Il avait un visage osseux qui contredisait l'impression de force qu'il donnait en marchant. La tête partait en triangle aigu à partir du menton et les pommettes étroites supportaient de larges cernes.

Je désignai le chien en souriant.

— Bandit... Drôle de nom...

— Pourquoi ? On sait tout de suite que ce n'est pas un chien policier...

J'accusai le coup.

— Je vois que les présentations sont faites. Commissaire Londrin, de Bobigny. Un de vos amis m'a conseillé de venir vous parler... Vous êtes bien Dalbois ?

La lumière de la fenêtre, derrière lui, éclairait sa chevelure abondante à la manière d'une auréole. Il me confirma son identité d'un mouvement de tête.

— J'ai encore des amis ! Bonne nouvelle... Qui ?

— Cadin. Vous étiez ensemble, à Strasbourg. Je peux entrer ?

Il avança et poussa du pied la brique creuse qui retenait la porte.

— Cadin ! C'est grâce à lui que je ne fais plus partie de la grande maison... Qu'est-ce qu'il devient ?

J'évitai de lui parler des doubles-scotchs que son pote éclusait en solitaire dans les bars sans surprise de l'aérogare.

— Il a raccroché lui aussi. Il bosse à son compte..

Je le suivis jusqu'à l'entrée du bâtiment, retenant le Bandit qui me sautait dessus à chaque pas en m'aspergeant de neige et de boue. Après une première pièce plongée dans l'obscurité, je découvris une vaste salle équipée pour confectionner les repas d'une armée! D'énormes hottes raccordées à des conduits d'évacuation surplombaient deux alignement de fours, de cuisinières, d'épluche-patates, de friteuses. Des louches, des écumoires monstrueuses pendaient au mur près d'un placard bourré de casseroles et de norvégiennes en inox.

— Vous faites restaurant?

Il daigna sourire.

— Non... Je loue cette baraque pour presque rien... A cause de Roissy... On est en bout de piste. C'est un ancien orphelinat. Il a accueilli des pensionnaires jusqu'à l'ouverture de l'aéroport et depuis plus personne n'y habitait. J'ai aménagé cinq, six piaules dans le bâtiment du milieu. Le reste, on verra plus tard. On monte? C'est chauffé là-haut.

Une grosse corde de marine passée dans des anneaux scellés faisait des vagues sur le mur de l'escalier. Un long couloir percé d'une dizaine de fenêtres desservait les anciens dortoirs. Le chien me mordillait les talons avec une nette préférence pour ma jambe traînante. J'essayais bien de lui refiler un coup sur le museau, mais il esquiva en jappant, puis il reprit de plus belle.

— Vous ne lui en voulez pas de vous avoir fait mettre sur la touche?

Dalbois venait de s'arrêter devant une porte à double battant. Il tourna vers moi son visage aux cernes creusés par la pénombre.

— Un peu plus tôt, un peu plus tard... Je n'étais pas taillé pour ce boulot. Cadin a eu besoin de moi à deux reprises et je lui ai fourni des informations classées. Ils ont remonté la filière assez facilement. Après, on négocie...

Il poussa les deux battants, les mains posées à plat sur le bois vernis et esquissa une révérence ironique pour m'inviter à passer devant lui

— Entrez chez Pierrot, c'est là que je passe pratiquement toute ma vie

— Votre prénom, c'est Pierre ?

— Non, mais le sien, oui...

Il pointa le doigt vers un cube en bois, d'un mètre de côté, une sorte d'estrade sur laquelle était posé un mécano multicolore. Plusieurs dizaines de cubes peints en noir formaient un cercle sur le parquet sans joint de la vaste salle. Mon regard épousa rapidement la courbe : chaque parallélépipède supportait une maquette métallique représentant ici un manège, plus loin un immeuble, un tombeau. Des personnages figés habitaient chacun des décors. Les derniers éléments, sur ma droite, semblaient en cours de montage et des boîtes de peinture, des outils jonchaient le dessus du présentoir. De l'amoncellement inextricable de câbles électriques, de rallonges, de dés, qui occupait le centre de la pièce, partaient autant de fils qu'il y avait de cubes. Je me baissai vers le personnage que Dalbois m'avait désigné, un homme jeune, arc-bouté sur un flipper « Coney-Island » dont le tableau marquait soixante-sept mille. Le bonhomme de fer était affligé de lunettes aux lentilles épaisses et jouait, la tête inclinée pour éviter la fumée imaginaire du mégot coincé entre ses lèvres. Dalbois accroupi farfouillait dans le monticule de fils. Il en extirpa une boîte de commande dont il vérifia les branchements avant d'appuyer sur une série de contacteurs. Une musique poussiéreuse de vieux phono se mit à hésiter entre Travadja la Moukère et le Boléro de Ravel tandis que sur les présentoirs, décors et personnages s'animaient en cliquetant de leurs mille jointures. Le binoclard filait des coups de rein formidables contre la caisse du billard électrique... Je le reconnus sur le cube suivant, débarrassé de ses lunettes, agrippé au bras d'une femme dont la robe soulevée par un puissant courant d'air découvrait des jambes copiées sur une de ces silhouettes dont les camionneurs décorent leurs radiateurs. D'autres jeunes femmes tournaient, la bouche ouverte, les yeux agrandis par la peur, dans les wagons chamarrés de l'Alpinic-Railway. On pouvait se déplacer autour des cubes pour constater que chaque scène, chaque personnage étaient méticuleusement traités sous tous les angles : les mécanismes se dissimulaient sous les plaques de métal repoussé, sous le plastique moulé. On retrouvait le myope dans chacune des dix premières maquettes, sur les escaliers roulants du Palais de la Rigolade, assis près d'un amas de corps en bataille, contemplant son verre fêlé, ou conduisant d'une main experte une auto électrique sur la piste du Scooter-Perdrix, malgré la pression qu'exerçait sur son épaule la poitrine ronde d'une grande fille presque blonde, au visage de star tuberculeuse. Il figurait encore au milieu des décors inachevés des dernières scènes près d'une chapelle de style improbable qui jouxtait des rochers entourés de grillages où se promenaient des lions et des éléphants. Il semblait, là, parler à la fille vieillie des auto-scooters qui, le front ceint d'un turban de ménagère, remplissait deux grosses poubelles avec les membres brisés d'un mannequin de cire.

Le Boléro de Ravel s'éloigna doucement et des sonorités plus arabes couvrirent le cliquetis des automates. Dalbois se planta devant le présentoir situé au milieu de la pièce.

— C'est l'entrée du fakir Crouïa-Bey... Venez voir, il se transperce vraiment les joues avec ses épingles à chapeau...

Je m'approchai. Le réalisme était saisissant, jusqu'à une minuscule goutte de sang qui perlait quand la pointe réapparaissait.

— Vous fabriquez ça pour passer le temps ?

— Non, c'est une commande de la mairie du Havre.. L'année prochaine ils commémorent le quatre-vingt-cinquième anniversaire de la naissance de Raymond Queneau qui est né là-bas... Ils inaugu rent un musée dont mes automates constitueront une des pièces maîtresses. Vous connaissez Queneau ?

Je rassemblai mes souvenirs et un titre émergea

— A part « Zazie dans le métro », c'est tout.

— Ce n'est déjà pas si mal, commissaire. Ça (il désigna d'un mouvement circulaire de la main, l'ensemble des mécanos), c'est le résumé de « Pierrot mon ami ». Tout le bouquin est là-dedans ! Les couleurs, les musiques, les voitures, les personnages. Un universitaire prépare une phrase par tableau pour faire la liaison... En une vingtaine de minutes les gens assisteront au livre... Alors, qu'en pensez-vous ?

Il s'était levé pour couper le contact. Pierrot s'immobilisa en des dizaines d'exemplaires et le silence envahit instantanément les Uni-Parks, les jardins zoophiliques de Chaillot et les chapelles des princes Luigi Voud Zoî.

— Si je passe au Havre, je ne manquerai pas d'y jeter un œil... Pour être sincère, je ne suis pas venu pour « Pierrot mon ami », mais plutôt pour « Pierrot le Fou »...

Dalbois éteignit la lumière puis ferma la porte. Il m'entraîna dans sa cuisine et servit deux bourbons généreux dans des verres humides posés sur la paillasse. Il avala la moitié de son whisky en grimaçant de plaisir.

— Que voulez-vous que je vous raconte ? Je ne sais même pas sur quoi vous travaillez !

Je tirai une chaise et m'installai à califourchon, mon verre à la main.

— Si vous lisez les journaux, vous devez en savoir presque autant que moi... J'enquête sur l'assassinat d'Yves Guyot, un gars qui travaillait pour Air-France et qu'on a retrouvé étranglé au filin dans son atelier...

— Au filin, vous êtes sûr ?

Dalbois mimait le geste de l'étrangleur, les mains solidement accrochées aux poignées de son arme.

— Oui, un travail impeccable ; l'œuvre d'un professionnel. Ce serait classique si la victime n'était pas l'un des meilleurs amis de Gérard Blanc, le type qui s'est fait descendre par la police, à Roissy, il y a une bonne dizaine de jours..

Dalbois agitait son verre et la vague d'alcool laissait une trace ambrée et provisoire près du bord. Il finit par s'arroser la main.

— C'est bien celui qui était en cheville avec Michel Coubron pour rafler les lingots d'or ?

Il se lécha les doigts sous le regard envieux de Bandit.

— Exact. Le juge refuse de lier les deux affaires. Pourtant, elles sont loin d'être indépendantes l'une de l'autre. Yves Guyot a été tué à son retour d'Afrique et il logeait sous un nom d'emprunt à l'hôtel Artel. L'Afrique et l'Artel reviennent immanquablement dans la mort de Gérard Blanc : les deux principaux témoins qui corroborent la version des policiers Leduc et Andrini arrivaient d'Afrique et logeaient à l'Artel en attendant l'avion de correspondance...

— Ils allaient où ?

— En Australie... Il s'agissait d'un couple d'industriels installés à Camberra.

Dalbois s'envoya l'autre moitié de bourbon.

— Vous avez leurs noms ?

Il semblait fébrile, tout à coup. Je cherchai mon calepin dans mes poches et quand je l'eus trouvé, je relus rapidement mes notes.

— Gilles Carpo et Catherine Girard. Ils occupaient la chambre 715...

Il quitta la cuisine.

— Attendez-moi, j'en ai pour une minute.

Le chien profita de l'absence de son maître pour

ramasser les miettes qui traînaient sur la table, à portée de sa langue.

Dalbois revint cinq minutes plus tard, triomphant. Il plaqua un livre ouvert sur le formica, donnant des coups sur la reliure pour empêcher les feuilles de rebiquer.

— Les voilà votre Carpo et votre Girard ! Ils sont épinglés là-dedans... Lisez, vous allez les retrouver !

Je pris le livre que je retournai pour en examiner la couverture : Gérard Bricot, « Enquête officielle sur le naufrage du Rainbow-Warrior ».

— Où avez-vous eu ce rapport ?

— Ne vous inquiétez pas, c'est en vente libre à la Documentation française, mais personne ne pense à les acheter ! Lisez plutôt, page de droite...

Je lui obéis et tombai sur le passage incriminé.

« *Il apparaît donc qu'une partie de la logistique provenait d'un pays tiers, l'Australie, et qu'au moins un canot de l'équipe de secours ait transité par la société Carard de Camberra, spécialisée dans l'importation de matériel de pêche.* »

Je reposai le rapport.

— Vous pensez que la société Carard leur appartenait ?

— Evidemment commissaire : Carpo, Girard... La première syllabe du premier nom, la dernière du second : Carard... Vos deux témoins appartiennent à la D.G.S.E., vous pouvez en être sûr.

Ce fut à mon tour de vider mon verre.

— Quel intérêt ont-ils à les griller définitivement sur un coup comme Roissy ?

Dalbois s'appuya sur la table.

— Ils étaient déjà grillés ad eternam quand le général Bricot a décidé de les citer dans son rapport. Cela fait longtemps qu'ils ne sont plus en Australie et je suis prêt à parier qu'ils n'ont jamais mis les pieds à l'Artel... On s'en est servi une dernière fois, à usage interne, persuadés que personne ne ferait le rapprochement... Peut-être même n'y ont-ils pas pensé consciemment. Quand il y a un problème du genre de celui de Gérard Blanc, l'important est d'aller vite. Il faut une explication plausible, tout de suite, pour les journaux et la télé... On improvise en se disant qu'il sera temps, le lendemain, de colmater. On prend ce que l'on a sous la main : il faut répondre à la minute même... Au bout d'une semaine il y a tellement d'informations contradictoires que plus personne n'y comprend rien. Tout se joue au cours des vingt-quatre premières heures... Si vous voulez en avoir le cœur net, télexez à Camberra : on vous répondra sûrement que la société Carard a été dissoute et que les propriétaires sont partis sans laisser d'adresse...

Dalbois ouvrit le réfrigérateur. Il y prit un sac plastique d'où le sang gouttait et parsema son chemin de taches brunes. Il plongea sa main à l'intérieur et la ressortit tenant un morceau d'os de bœuf cisaillé près des rondeurs des articulations. Il le jeta à mes pieds, à deux doigts du museau de Bandit.

— Avez ça, j'espère qu'il va se calmer... Dès qu'il vient quelqu'un, on ne peut plus le décoller... Vous avez des animaux à la maison ?

Je pensai à Georgette, à son obsession de propreté en regardant les moutons de poils qui couraient sur le sol au moindre filet d'air.

— Vaut mieux pas, on n'a pas le temps de s'en occuper...

Le chien avait coincé l'os entre ses pattes de devant et l'attaquait de ses canines gauches, la tête inclinée sur le côté.

— Vous vous êtes fait une idée sur la mort de Guyot ?

— Non, pas vraiment. Il a dû apprendre quelque chose d'important à propos de Gérard Blanc, mais je ne sais pas encore quoi...

— Que faisait-il comme boulot ?

Je regardai le chien avec un dégoût amusé.
— Qui ? Blanc...
— Non, Guyot.
— Je ne me souviens plus comment on appelle ça... Le métier... Il prenait des photos en trois dimensions, des hologrammes, de certaines pièces d'avion. D'après ce que j'ai compris, ils parviennent à calculer l'usure des matériaux à partir de ces hologrammes...
Dalbois écarquillait les yeux et la surprise effaçait presque les cernes noires.
— Il fabriquait des hologrammes ! C'est absolument fantastique ; moi, mon rêve est de tout composer en hologrammes... Imaginez-vous un peu vous promenant dans une pièce peuplée de personnages de lumière, respirant, bougeant à votre approche... Dans une salle vous assisteriez aux ébats d'Emma Bovary et de son freluquet, dans un autre vous compatiriez aux souffrances de Cripure ou vous partageriez la rage de Bardamu...
Son exaltation prit fin brusquement.
— ... Vous innovez, commissaire : je suis certain que vous êtes le premier policier au monde à enquêter sur la mort d'un réalisateur d'hologrammes ! Quand vous aurez terminé, écrivez un rapport pour la « Revue internationale de Criminologie », il fera date !
Je souris et me levai pour me dégourdir les jambes.
— Si les hologrammes vous passionnent autant, pourquoi ne les utilisez-vous pas ?
Dalbois frotta l'un contre l'autre son pouce et son index.
— Le fric... Les hologrammes de pièces inertes ne posent plus de problèmes mais dès qu'on aborde les compositions animées, les prix s'envolent ! En plus, c'est là qu'apparaissent les aberrations...
— Quelles aberrations ?

Il se leva à son tour et avança son visage près du mien, en baissant la voix.

— Les hologrammes font peur... Avec eux on approche de la re-création de la vie : le laser capte la réalité au milliardième de seconde et cela, sous toutes ses faces ! On se rapproche de la frontière du plus petit temps connu... Et sans vraiment comprendre où cela mène ! Des chercheurs se sont récemment aperçus en projetant des hologrammes qu'ils comportaient, en écho, l'image de ce qui se passait DERRIÈRE le système de prise de vues !

Je l'interrompis.

— Comment ça « derrière » ? C'est impossible...

Dalbois se mit à rire en tournant autour de la table.

— Vous avez raison : c'est impossible. Et pourtant cela existe ! La fréquence d'apparition de cette aberration est infime mais le problème n'en demeure pas moins... C'est comme si, prenant une photo de votre femme devant une forêt, vous vous retrouviez caché dans les arbres !

Je me souvins, tandis qu'il parlait, de ce que Guyot faisait au moment précis où le tueur entrait dans son laboratoire et je n'eus bientôt plus qu'une envie : partir. Mais Dalbois tenait son sujet. Il me parla encore, longuement, des hologrammes brisés, de ce que restituait chacun des morceaux de film, tandis que les dents du chien crissaient sur l'os sacrifié.

Ils me raccompagnèrent vers dix heures jusqu'à la grille couinante alors que les lumières d'un Jumbo Jet piquaient vers la piste numéro 1. Le chien s'était allongé dans la neige, la tête coincée entre ses pattes, mais je n'entendis pas ses pleurs couverts par le ronflement des réacteurs.

COMMISSAIRE LONDRIN

17 janvier, 9 h 15

Georgette avait promené son air pincé et son silence dans l'appartement, le temps que je m'habille. Elle n'avait pas poussé le boycott jusqu'à ignorer les sollicitations du téléphone. Deux messages de la veille étaient coincés sous l'appareil, un du juge Berthier qui me demandait de le rappeler, l'autre de Dupré qui venait de percer à jour le pseudonyme qu'Yves Guyot utilisait à l'Artel : François Buzon. Je marchais beaucoup trop depuis trois jours, ma jambe commençait à s'ankyloser et je me décidai à ressortir les lourds brodequins orthopédiques prescrits par le médecin de contrôle. Les talonnettes inégales supprimaient un peu du boitillement, soulageaient le travail des articulations même si j'avais l'impression de me trimbaler avec deux blocs de ciment aux pieds.

L'épaisseur du cuir, du caoutchouc me privaient de la sensation de la pédale d'accélération et j'emballai plusieurs fois le moteur de la DAF avant de refaire mes marques. Je traînai mon handicap et ma fatigue dans les couloirs de la cité Air-France. Eddy, le jeune stagiaire habillé de son deuil esthétique lisait le journal, affalé sur le bureau d'Yves Guyot. Il paniqua en me reconnaissant et s'empêtra dans le pliage du quotidien. Je m'approchai de lui pour une tape rassurante sur l'épaule.

— L'autre jour tu m'as bien raconté qu'au moment de son assassinat Yves Guyot réalisait un hologramme ?

— Oui commissaire...

— Réfléchis bien car c'est excessivement important : la prise de vue était en cours ou terminée ?

Il ne prit pas le temps de passer ses souvenirs en revue.

— Elle était en cours. On ne réalise pas un hologramme en un éclair, comme une photo. La prise de vue est très longue, l'exposition du film peut durer plusieurs secondes... quelquefois une minute...

— Tu l'as gardé ?

— Oui, je l'ai développé puis classé... Vous voulez le voir ?

Je regardai ma montre.

— Non, je n'ai pas le temps de m'éterniser ici... Donne-le-moi.

Il hésita.

— Eh bien, qu'est-ce que tu attends ?

Il se mit à rougir jusqu'à la racine des cheveux.

— Je ne sais pas si j'ai le droit... Les hologrammes appartiennent à Air-France...

Mes mains plongèrent immédiatement dans mes poches, auscultant les portefeuilles, les doublures, les recoins de kleenex. Ce fut la droite qui sortit victorieuse de la course de vitesse, exhibant un formulaire grisâtre constellé de tampons bleu pâle.

— C'est une commission rogatoire signée du juge Berthier... Elle m'autorise à effectuer toute perquisition motivée par le bon déroulement de l'enquête.

Avant que j'aie eu terminé, Eddy me tendait une pochette craft de format ordinaire.

— Vous me le rendrez ? Si on le demande je risque d'avoir des ennuis...

J'essayai de rouler l'enveloppe pour la glisser dans une poche mais le film plastique refusait de se plier à mes volontés. Un élastique fit l'affaire puis je quittai Roissy en me disant que le stagiaire apprendrait bien assez tôt qu'une perquisition effectuée par un seul officier de police est illégale...

Sitôt sorti je rejoignis l'Artel. Le fichier indiquait que François Buzon, alias Yves Guyot, avait séjourné deux fois à l'hôtel : le 8 janvier, avant son départ pour le Mali, le 13 janvier, la nuit suivant son retour. L'un des employés de l'accueil se souvenait de lui et de l'homme qui l'attendait dans sa chambre, la 312, le soir de son arrivée. La description qu'il m'en fit correspondait exactement au divisionnaire Darqué, le patron de l'I.G.S...

COMMISSAIRE LONDRIN

17 janvier, 11 h 05

En plein jour le nouveau Palais de justice faisait penser à un bâtiment né des amours monstrueuses de Beaubourg et du Palacio de Ricardo Bofil. La foule qui bourdonnait sous la verrière se séparait en deux parties d'égale importance : les avocats, leurs clients, la famille et les amis qui formaient des cercles immobiles au milieu du hall et les greffiers, les employés de la machine à juger qui traversaient la vaste salle d'attente un bras replié sur un dossier, le nez pointé sur les lignes du carrelage.

Un huissier me prit en charge jusqu'au bureau du juge Berthier. La paperasse envahissait maintenant le couloir et la ficelle blanche serrée en croix autour des cartons déchirait çà et là des feuilles de pelure ternes. Le juge téléphonait. Il écoutait sans passion son interlocuteur, un coude posé sur un livre de droit grand ouvert. Il me regarda m'avancer sans se départir de son air d'extrême désintérêt. Il ponctuait le discours qu'il entendait de « oui », de « hum », de soupirs et raccrocha sur un « on verra » qui ne donnait pas beaucoup d'espoir.

Il leva les yeux vers moi.

— Bonjour commissaire. Que voulez-vous ?

Je m'assis dans le fauteuil après l'avoir débarrassé d'une pile de « Gazette du Palais »

— Vous m'avez téléphoné...

Berthier referma le livre et déplaça des objets pour se donner une contenance.

— Oui en effet... J'ai eu votre femme... Vous deviez me rappeler, ce n'était pas la peine de vous déranger, je voulais simplement savoir où vous en étiez...

— Assez loin pour commencer à me poser des questions !

— Quel genre de questions ?

Berthier contourna son bureau et vint fermer la porte dans mon dos.

— Justement, c'est difficile à définir... Un peu tous les genres. L'histoire des phares de la DS, par exemple : les policiers et les témoins de la chambre 715 jurent leurs grands dieux qu'ils étaient éteints tandis que Guyot prétend qu'un seul des deux phares ne fonctionnait pas...

J'observai le juge qui se réinstallait derrière son fatras de dossiers.

— Oui... Et alors ?

— J'ai contrôlé la voiture avant que Jean-Pierre Ravier, son propriétaire, ne la mette à la casse : les deux ampoules de phare étaient neuves. Elles marchaient à la perfection...

Berthier soupira.

— Ce qui signifie que les deux policiers disaient la vérité. Vous en avez douté un moment ?

Ma réponse n'était visiblement pas celle qu'il attendait.

— Oui, dès le début... La voiture de Ravier était en bout de course et il ne se souvient pas avoir procédé au remplacement des ampoules de phare. Guyot et Blanc utilisaient la DS depuis le matin, en dépannage et je les vois mal bricolant une voiture qu'ils savaient destinée à la broyeuse...

— Vous en tirez quelle conclusion. commissaire ?

Je me baissai pour desserrer les lacets de mes brodequins.

— Aucune. Je me pose des questions, c'est tout... Si les phares fonctionnent, il devient évident que Gérard Blanc ne les a pas allumés intentionnellement. Cela suffit à jeter le doute sur lui, à faire avaler n'importe quelle explication sur sa conduite... Prenons les témoins maintenant, Gilles Carpo et Catherine Girard. Selon les déclarations faites à la presse, ils arrivaient d'Afrique et rien ne m'interdit de penser qu'Yves Guyot partait là-bas pour vérifier leur provenance...

Berthier m'interrompit.

— Vous oubliez qu'ils débarquaient de Dakar, au Sénégal et qu'Yves Guyot est resté au Mali...

— Comment le savez-vous ?

Le juge se troubla.

— Comment je sais quoi...

Je m'étais dressé sur mon siège.

— Qu'Yves Guyot était allé au Mali ! Une seule personne était au courant de ce détail : Eddy Duval le stagiaire de Guyot. Il m'en a parlé lors de notre première rencontre... C'est le divisionnaire Darqué qui vous a fait cette confidence ?

Je ne voyais pas ses mains dissimulées par la paperasse, mais j'imaginais ses poings serrés, les ongles meurtrissant les paumes. Les veines de son visage s'assombrirent et leur battement devint visible sur ses tempes. Il préféra me laisser marquer un point.

— Oui, c'est lui... Il a rencontré Yves Guyot à son retour, dans le cadre de son enquête sur la mort de Gérard Blanc... J'allais vous en parler... Ecoutez, Londrin, vous êtes à deux doigts de la retraite Même si vous n'aboutissez pas dans cette enquête, cela ne remettra rien en cause pour vous... Peut-être même...

Il souleva lentement les paupières, laissant sa

phrase en suspens. Je décidai de ne pas lui faciliter la tâche.

— Peut-être même ?

— Je n'ai pas besoin de vous en dire davantage, vous me comprenez à demi mots...

Ma main se faufila à l'intérieur de ma veste pour prendre l'enveloppe kraft contenant le film holographique. Je l'ouvris sans prononcer un mot et le posai sur la table, devant Berthier. Il s'en saisit et le présenta à la lumière.

— Qu'est-ce que c'est ?

Je me mis debout.

— Le support d'un hologramme... On ne peut rien voir, il faut l'éclairer avec un laser... Yves Guyot a réalisé cette prise de vue alors qu'il passait de vie à trépas, au moment précis où son propre meurtrier l'étranglait au filin... Hier on m'a appris, par hasard, que sous certains angles, les hologrammes comportaient un écho visuel de ce qui figurait DERRIERE le dispositif de prise de vues. Vous tenez entre les mains la photo en trois dimensions de l'assassinat d'Yves Guyot...

Berthier me dévisagea.

— Vous l'avez visionné ?

— Non, pas encore...

Ses mains se crispèrent sur le bord du film, tirant en sens contraire, mais la matière résista. Il s'empara du coupe-papier fiché dans le porte-crayons et s'employa à lacérer l'ultime hologramme de Guyot. Quand il eut fini, son bureau était jonché de morceaux de plastique terne. Je me mis à rire de son air soulagé et m'emparai d'un des fragments les plus importants.

— J'ai oublié de vous dire une chose, monsieur le juge : cette histoire d'écho est rarissime, elle se produit une fois sur des milliards... Je garde ce souvenir, à toutes fins utiles...

Je mis le morceau d'hologramme dans la poche de

ma veste et quittai le Palais sans lui révéler la seconde aberration que m'avait apprise Dalbois et qui me sidérait tout autant que la première : le moindre morceau d'un hologramme restituait l'image totale de l'hologramme original ! Si par extraordinaire, la photo en relief du meurtrier de Guyot figurait sur le film dépecé par Berthier, je l'avais en modèle réduit dans ma poche, plaquée contre mon cœur.

Les heures m'étaient comptées maintenant et il s'agissait de ne pas commettre la moindre bévue si je voulais que mon dernier témoin reste en vie.

COMMISSAIRE LONDRIN

17 janvier, 13 h 15

Une fois de plus l'autoroute du Nord regorgeait de camions roulant au pas et l'alignement de remorques dressait une muraille de tôle et de bâche qui interdisait aux voitures bloquées sur la passerelle d'accéder aux voies libres. Les conducteurs perchés dans leurs cabines inaccessibles prenaient un malin plaisir à coller au plus près du véhicule qui les précédait et s'amusaient de l'énervement impuissant des hommes inférieurs. J'avais réussi, en utilisant la bande d'arrêt d'urgence, à remonter toute la file et je butais maintenant sur la masse inerte d'un Mack-Turbo-Diesel. Je serrai le frein à main, descendis de la Daf et grimpai sur le marchepied du bahut. Le routier tourna vers moi un visage déformé par la colère et ses lèvres s'agitèrent pour laisser passer des insultes qui restèrent emprisonnées derrière les vitres de l'habitacle. Il souleva ses fesses imposantes et s'aidant des mains posées à plat sur le cuir de la banquette, se mit à glisser vers moi. La carte de police plaquée contre la fenêtre annihila instantanément sa colère et ce fut d'un air humble et craintif qu'il baissa la vitre.

— Qu'est-ce qui se passe ? J'ai rien fait...

— Il ne se passe rien, c'est justement le problème ! Arrête de coller au cul du Berliet, je suis pressé.

Il remonta sa vitre en bougonnant et me laissa passer. Une dizaine de voitures s'infiltrèrent par la brèche. A la Chapelle, j'appuyai sur Paris-Ouest et quittai le périphérique à Clignancourt. Une armée de bennes à ordures freinait la circulation boulevard Ornano, à proximité du marché. Des Africains en casquettes, recouverts de plastique vert fluorescent, rassemblaient les cageots vides, les légumes pourris, les papiers détrempés et les poussaient à l'aide de leurs balais aux branches synthétiques vers les monticules de neige sale abandonnés près des bouches d'égout par d'autres cantonniers anonymes. Aujourd'hui, il ne neigeait pas. Le ciel se contentait de nous envoyer quelques grosses gouttes d'eau épaissies par le froid qui s'écrasaient, l'une après l'autre sur le pare-brise avec un bruit mat et m'obligeaient, par intermittence, à lancer les essuie-glaces. Je me garai sur le trottoir, au coin du boulevard Barbès et de la rue Christiani, devant l'immeuble austère et gris de la B.N.P. La chemise contenant les coupures de presse liées à l'affaire était posée sur la banquette arrière. Je la pris et grimpai la rue en pente, repérant à l'avance les zones verglacées. Rien n'annonçait l'entrée du journal, à part une sérigraphie faite à même le mur, un visage et deux mots dans un cadre :

RUE PACADIS

Je franchis la porte de fer et passai le sas de contrôle en escalier. Un jeune garçon répondait au téléphone derrière le guichet. Je dépliai l'article intitulé : « *Moi Mathieu 35 ans, balance d'une bavure de l'Intérieur* » devant lui et soulignai la signature « F. T. » du doigt.

— Est-il possible de rencontrer ce journaliste ?

Il coinça le combiné dans le creux de son épaule, contre sa tête et examina le papier.

— Vous n'avez pas de chance, il vient de sortir..

— Quand doit-il revenir ? Je dois absolument le voir.

Il se retourna vers une fille que je n'avais pas vue en entrant et qui disparaissait presque entièrement derrière une console d'ordinateur.

— Tu sais quand Francis Trops repasse au canard ?

Elle lui répondit d'une voix abîmée par les cigarettes.

— Il est parti prendre un pot au « Diplomate »... Il est de permanence aujourd'hui.

Le jeune gars me répéta ce que je venais d'entendre, précisant que le « Diplomate », un bar-tabac, se trouvait deux pas plus haut vers la Butte, au coin de la rue Poulet.

J'y vis un présage.

Un quarteron de pervenches ratissait les caniveaux du quartier. Je signalai à celle qui semblait avoir pris l'ascendant sur le groupe l'existence de ma Daf et elle me promit d'éviter de toucher aux essuie-glaces. Le bar du « Diplomate » était transformé en chaîne de montage de hot dogs, de croque-monsieur et de sandwichs divers. Une foule de travailleurs affamés, assoiffés et en manque de nicotine s'agglutinait près des manettes de la bière-pression, dans le sifflement visible du percolateur. Je remuai les coudes et parvins à m'approcher de la mini-boutique dans laquelle la femme du patron défendait les intérêts de la Manufacture des Tabacs. Je détachai un billet de « Tac-au-Tac » du présentoir et grattai le rectangle gris avec la tranche de ma pièce de 10 francs. Le chiffre 100 apparut. La patronne changea ma pièce contre un billet à l'effigie de Delacroix.

— Vous en prenez un autre ?

— Non, pas tout de suite : je n'ai pas eu autant de chance depuis vingt ans, attendez que je m'habitue.

Son regard se portait déjà sur le client suivant et je compris que le seul moyen de capter son attention était de détacher un second billet de « Tac-au-Tac ».

Je l'interrogeai en débarrassant le cache de son encre caoutchouteuse.

— Vous pouvez me dire où se trouve Francis Trops.

— Le journaliste ?

— Oui.

Elle me désigna un type d'une trentaine d'années vêtu d'un loden vert sur lequel tranchait une écharpe blanche et qui mordait distraitement dans un quart de baguette molle.

De nouveau, l'impression provisoire laissa la place au chiffre 100. Je troquai ma pièce contre un second billet et me dirigeai vers la vitre où se tenait Francis Trops. Une chaise venait de se libérer à la table voisine. Je l'attrapai par le dossier et la fis tourner en direction de la table du journaliste.

— Je peux m'asseoir ?

Il me regarda par-dessus son sandwich.

— Allez-y...

— Je viens de gagner deux cents francs au « Tac-au-Tac ». Je vous offre quelque chose ?

— Un demi, si vous y tenez.

Je commandai deux bières et dépliai une nouvelle fois l'article paru dans *Libération*.

— C'est bien vous qui avez écrit ce papier ?...

Son visage changea immédiatement d'expression. L'apparence de décontraction et de rêverie disparut et ses traits se tendirent.

— Qui êtes-vous ?

Le ton était celui de l'interrogatoire.

— On peut discuter d'abord... Non ?

Il posa son morceau de pain sur la feuille de journal.

— Je ne discute pas de n'importe quoi avec n'importe qui !

Mon portefeuille bâilla furtivement en tricolore devant ses yeux.

— Commissaire Londrin de Bobigny.

Il manifesta l'intention de se lever alors que les demis arrivaient. Je le retins par la manche.

— Je vous en prie, écoutez-moi... Ma démarche est totalement officieuse... Accordez-moi deux minutes, ensuite vous déciderez de partir ou de rester...

Ses jambes fléchirent et il se rassit. Sa main saisit l'anse du bock.

— A votre chance, commissaire !

Je trempai mes lèvres dans la mousse.

— J'enquête sur la mort d'Yves Guyot, l'ami de Gérard Blanc, et je suis persuadé que ces deux affaires ne sont pas aussi claires qu'on veut bien le dire...

— Pour le moment, à part les versions policières, il n'y a pas grand chose... Le trouble, c'est vous qui l'avez créé...

Je soulevai mon verre pour prendre l'article.

— Vous oubliez un peu vite votre participation ! Ce papier accrédite l'idée que Gérard Blanc était en cheville avec la bande de Michel Coubron et c'est grâce à lui que tous les autres témoignages semblent frappés du bon sens... Pareil pour Yves Guyot, il est devenu le copain d'un truand et plus personne ne s'intéresse à son sort. Pourtant j'ai de bonnes raisons de croire qu'une partie des déclarations des témoins de la mort de Gérard Blanc était manipulée...

Francis Trops se pencha au-dessus de la table et baissa la voix.

— Lesquels ?

— Vous restez ?

Il haussa les épaules et ferma ses paupières.

— Alors, lesquels ?

— Carpo et Girard... Ce sont vraisemblablement des agents de la D.G.S.E...

Son regard devint fixe. Sa voix s'éleva.

— Pourquoi me racontez-vous ces salades ?

Je me mis à parler entre mes dents.

— Ce ne sont pas des salades : Carpo et Girard sont cités dans le rapport Bricot, mais pas un journaliste n'a été assez bien inspiré pour vérifier les noms des témoins miracles de la chambre 715 !

Francis Trops demeura silencieux un instant puis :

— Je veux bien vous croire, mais je ne comprends pas où vous voulez en venir...

Je bus une gorgée de bière avant de lui assener ma réponse.

— C'est pourtant simple : je pense que si au nom d'une quelconque raison d'Etat on a manipulé aussi tranquillement l'opinion, il est également possible qu'on ait agi de même avec un journaliste...

Je le regardai droit dans les yeux.

— ... Vous, en l'occurrence...

Il demeura immobile, une fraction de seconde, puis il se rejeta contre le dossier de sa chaise en riant.

— Je ne m'attendais vraiment pas à celle-là, commissaire ! Alors c'est tout ce que vous avez été capable d'inventer... D'après vous ce sont les flics ou les magistrats qui m'ont demandé de passer la confession de « Mathieu » dans le seul but de charger un obscur technicien d'Air-France... Vous avez lu mon article ?

— Oui.

— On ne le dirait pas ! L'histoire de Gérard Blanc est accessoire. L'important, c'est tout le reste... D'ailleurs « Mathieu » a donné cette interview pour se protéger des flics ! Il craint vraiment qu'on l'exécute à la première occasion...

— Je ne peux qu'être d'accord avec lui : que ce soit les flics ou Coubron, son avenir est compromis. J'étais sûr que vous alliez monter sur vos grands chevaux. Tout juste si vous ne m'avez pas envoyé à la gueule l'indépendance du journaliste et toutes les foutaises dont vous entourez votre boulot... Seulement dites-vous bien qu'à côté de la D.S.T. ou de la D.G.S.E., vous n'êtes que des gamins ! Je ne prétends pas que votre article a été écrit sous la dictée, je me demande simplement s'il ne vous a pas été discrètement inspiré... Jurez-moi là, maintenant, devant ces bières, que vous ne vous posez pas de questions sur ce « scoop » sorti au moment précis où il fermait toutes les portes à courants d'air...

Mon argumentation touchait ses défenses aux points les plus faibles. Il essaya de s'en sortir en éludant mes questions.

— Je n'ai pas tout dit dans mon papier... Je sais qui est Mathieu et je n'aurais jamais publié les déclarations d'un anonyme...

— Ça ne coûte rien de le prétendre. Votre rédacteur en chef avait moins de scrupules quand il ouvrait ses colonnes aux « 22 lycéens de Lyon »... Il a mis deux ans à s'apercevoir que les dizaines de lettres « criantes de vérités », « révélatrices de l'état d'esprit de la jeunesse », lui étaient en fait adressées par une petite provinciale mythomane... La D.S.T. emploie d'autres moyens... Ils sont capables de monter une mystification d'une finesse incroyable en mettant, s'il le faut, cinquante agents sur le coup... En face vous êtes seul, avec votre « indépendance de journaliste »... Vous pouvez toujours rêver que vous luttez à armes égales... Les rêves ne coûtent que lorsqu'ils s'écroulent.

Je me levai en fouillant dans mes poches à la recherche de monnaie pour régler les consommations.

— Amenez-moi auprès de Michel Coubron, avant qu'il ne soit trop tard.

Francis Trops finissait son bock. Il faillit s'étrangler. De la bière gicla sur son loden vert, des gouttelettes pétillantes rapidement avalées par le lainage.

— Comment savez-vous...

Il recommença à tousser et je terminai sa phrase.

— Que derrière Mathieu se cachait Michel Coubron ? Pour être franc, je l'ignorais encore en m'asseyant face à vous... C'est devenu une évidence quand vous vous êtes défendu, tout à l'heure, en protestant que vous connaissiez le véritable nom de « Mathieu »... Vos yeux se sont illuminés comme si vous évoquiez Mesrine ou Pierrot le Fou... On ne s'enflamme pas comme ça pour un second couteau...

Il se mit debout et s'essuya la bouche avec le papier qui entourait son sandwich.

— Pourquoi faites-vous cela, commissaire ? Vous étiez un ami de Blanc ? ou de Guyot ?

Je ne sentais plus mon pied droit, comprimé par le cuir orthopédique. La chair était remplacée par une sensation désagréable de picotements électriques qui semblaient prendre naissance très loin de ma chaussure. Je m'appuyai au rebord de la table de bistrot pour garder mon équilibre.

— Non, ni l'un ni l'autre. Je vais vous paraître idiot, démodé, mais j'ai besoin de croire encore un peu à la justice, à la vérité... De vieilles idées ! Trente années d'apprentissage de l'indifférence n'en sont pas venues à bout ! Je suis certain que sans cette enquête, le souvenir du commissaire Londrin se serait effacé dans l'oubli... Un policier ordinaire qui aurait passé sa vie à traiter d'affaires ordinaires... Leur erreur a été de penser qu'à deux ans de la retraite les policiers ne réfléchissent plus qu'au coin de pêche où ils planteront leur canne... Jusque-là, on n'avait jamais essayé de se servir de moi..

COMMISSAIRE LONDRIN

17 janvier, 14 heures

Francis Trops se cala à l'avant de la DAF. Il leva la main en direction de la ceinture de sécurité.

— Laissez, avec moi c'est pas la peine ! Où va-t-on ?

Il me désigna le carrefour Barbès Rochechouart.

— Prenez à gauche devant le Louxor puis à Stalingrad vous longerez les quais... Il se planque dans le quartier de la Villette...

Je suivis ses indications et me garai devant l'entrée du métro Corentin-Cariou. A l'ombre du pont du chemin de fer de ceinture, un édicule Decaux à péage avait remplacé la pissotière-rotonde en tôle ajourée. Le journaliste s'engagea dans la rue Rouvet, une sorte de boyau gris où même le froid ne parvenait pas à chasser l'odeur d'humidité. Il pénétra sous un porche. La voûte sombre débouchait sur une cour triangulaire. Le pavage irrégulier s'affaissait devant l'escalier en bois qui menait à la coursive accrochée à la façade du bâtiment et une large flaque d'eau à demi gelée nous obligea à nous aider de la rampe incertaine pour atteindre les marches sans nous mouiller les pieds. La cour partait en pointe depuis l'entrée et le côté qui faisait face à la construction était occupé par le viaduc qui supportait la ligne abandonnée du chemin de fer de ceinture. Des portes en bois qui donnaient l'impression de devoir s'effondrer au prochain passage d'un train occultaient les arcades. Des enseignes d'artisans clouées en tous sens indiquaient le type de marchandises entreposées dans ces hangars de récupération. Francis Trops s'était arrêté devant une des portes qui s'ouvraient sur le couloir extérieur. Il frappa au carreau. Deux coups brefs, trois fois répétés. D'où j'étais, je pus voir le mouvement du rideau mais malheureusement pas les traits de celui qui le soulevait. La porte s'ouvrit vivement et le canon d'un revolver de fort calibre se ficha dans les plis verts du loden, à hauteur du sternum.

— Qu'est-ce que tu viens foutre ici... Il n'était pas prévu de se revoir...

La voix était cassante et celui à qui elle appartenait n'espérait pas de réponse. Il constatait un manquement à un accord passé et parler lui fournissait uniquement le temps de la réflexion. Francis Trops se tenait figé, les bras légèrement relevés. Il bougea précautionneusement le pouce de sa main droite et le tendit vers moi.

— Je ne suis pas seul.

Coubron ne lui laissa pas le loisir de terminer sa phrase. Il l'agrippa par son écharpe blanche et le tira à l'intérieur de la pièce.

— Dis à ton pote de venir doucement devant la porte... Doucement... Au moindre signe de nervosité, je te descends...

Je me conformai aux ordres de Michel Coubron et me plaçai dans la ligne de mire. L'appartement était plongé dans l'obscurité et l'écharpe de Trops qui remuait devant moi, à trois ou quatre mètres, constituait mon seul repère. Coubron devait se tenir derrière le journaliste, le flingue pointé sur sa tempe. Je levai les bras, à mon tour.

— Je ne suis pas armé... Je suis venu vous parler...

Je distinguais leurs silhouettes, maintenant, des tâches plus foncées sur le mur. L'acier de l'arme accrocha l'un des rares rais de lumière qui traversaient la pièce.

— Qui est-ce ?

Coubron s'adressait à moi, nous étions trop proches l'un de l'autre pour qu'il ait recours à l'intermédiaire de Francis Trops. Une sorte de politesse absurde... Le journaliste m'avait amené dans ses bagages et il était normal que les questions me concernant lui soient posées de manière formelle, même si j'y répondais directement.

— Je suis le commissaire Londrin, de Bobigny... On ne va pas tout déballer sur le palier, non...

La révélation de ma condition de flic ne provoqua pas d'éclat. Coubron se contenta d'enregistrer le fait, ce qui confirma l'essentiel de mes suppositions.

— Entrez et collez-vous contre le mur, à gauche... Les mains à plat, à hauteur des épaules..

Il projeta le journaliste à mes côtés et ferma la porte, d'un coup de pied, avant de me fouiller. Il y avait bien longtemps que je ne me promenais plus avec mon arme de service. Des années qu'elle reposait au fond d'un tiroir de mon bureau, enveloppée dans un linge graisseux. J'étais à peu près le seul flic du département à pratiquer l'arrestation à mains nues, alors que le plus obscur des gardiens de la paix pissait dans son froc à la simple idée d'assurer la sortie d'une maternelle sans son 357 magnum ! Il alluma le plafonnier et une lumière jaune envahit la pièce, comme un brouillard. Il y eut des bruits de meubles que l'on traîne avant qu'il nous autorise à nous retourner et à nous asseoir sur un banc de bois peint en marron foncé. Coubron s'était installé derrière une table recouverte d'une toile cirée pleine d'oiseaux multicolores, près d'une maxi-bouteille de coca-cola. La gueule de son Ruger-Security-six désignait un point situé entre mes deux oreilles et il suffisait que je me déplace d'un centimètre, d'un côté ou de l'autre, pour que le canon suive le mouvement. Comme tous les gens vivant avec la police lancée à leurs trousses, Michel Coubron ressemblait assez peu aux photos de lui diffusées dans les commissariats. Là, devant moi, il relevait la tête, ses yeux brillaient de plaisir, je le sentais s'amuser du bon tour que la souris jouait aux chats .. Il m'apostropha, abandonnant le discours indirect dont le journaliste faisait les frais.

— Qu'est-ce que ça veut dire, cette salade ? Il y a du nouveau ?

Francis Trops m'adressa un regard naufragé. Je lui répondis par un clin d'œil.

— Ils vont finir par vous avoir, Coubron... Vos actions s'orientent à la baisse depuis ce matin...

Il saisit la bouteille de soda et en but une longue gorgée, à même le goulot.

— Continuez, commissaire, vous me faites rire et les occasions sont rares dans le quartier. J'imaginais que vous veniez me régler mon compte mais il faut se rendre à l'évidence : rien dans les mains, rien dans les poches...

Le flingue dériva vers Francis Trops.

— ... Ce qui m'étonne, c'est que vous ayez eu besoin de ce poisson-pilote. Ce ne sont donc pas mes amis qui vous envoient... Alors qui ?

— Personne, et je doute que vous ayez encore des amis. Tout le monde a intérêt à votre disparition...

Francis Trops se racla la gorge.

— Je peux enregistrer ?

Coubron haussa les épaules.

— Vas-y toujours, on verra ce que je déciderai de faire de la cassette... Alors commissaire, vous parliez de mes amis...

La lampe témoin du Sony se mit à clignoter en épousant les intonations de ma voix.

— Ecoutez-moi, Coubron, cela va vous surprendre mais je suis venu ici vous demander de vous planquer pour de bon. J'enquête depuis trois jours sur l'assassinat d'Yves Guyot, l'ami de Gérard Blanc, et je suis persuadé qu'on l'a tué parce qu'il avait trouvé un élément ou un témoin prouvant que la police, au plus haut niveau, cherchait à salir la mémoire de son copain... Cette histoire, la première mort, dans la DS, est pleine d'agents de la D.S.T. ou de la D.G.S.E. Ça grouille de partout... Je ne comprends pas tout, mais je suppose que la P.A.F surveillait de très près vos préparatifs de hold-up et qu'un soir, une patrouille un peu trop excitée a fait feu sur la voiture de Blanc et Guyot... Malheureusement ça ne pouvait tomber plus mal : des bombes explosaient dans tous les sens à Paris et au lieu d'arrêter les terroristes, les policiers se mettaient à descendre de tranquilles travailleurs rentrant chez eux... Le service de presse du Ministère retient toutes les informations de ce genre, une heure ou deux avant de les donner à l'A.F.P... Ils ont dû juger que l'effet serait désastreux sur l'opinion... On doit terroriser les terroristes, pas les braves gens ! Ils ont paré au plus pressé en inventant deux témoins perchés dans leur chambre de l'Artel qui prétendaient que la voiture roulait tous feux éteints... Mais on se doutait bien que la parade ne tiendrait qu'un minimum... C'est là que vous intervenez... Un flic, je pense qu'il s'agit du patron de l'I.G.S., Darqué, a fait le rapprochement entre la souricière que vous tendait la P.A.F. et la bavure, en comprenant tout le parti qu'il pouvait en tirer... Il aurait pu vous coincer et vous obliger à des aveux « arrangés »... Le seul inconvénient c'est que cela ne pouvait se faire qu'en vous arrêtant et je connais au moins deux juges qui ne rêvent que de vous coller une peine de perpétuité assortie de la sûreté ! Vous aviez trop à perdre. Darqué a fait preuve d'intelligence et de subtilité en vous demandant de vous confesser à un journaliste comme Francis Trops... Une idée de génie : choisir le canard qui a ouvert ses colonnes à Mesrine, à Sulak, à Knobelspiess... Personne ne pouvait douter de votre sincérité, surtout quand « Mathieu » prétendait que la police ne poursuivait qu'un objectif : le liquider... En prime tout le monde avalait le mensonge qui sous-tendait ce montage : Gérard Blanc était impliqué dans le coup ! Ainsi se justifiait, a posteriori, son assassinat par le policier Alain Leduc... Le premier grain de sable, c'est Yves Guyot qui part au Mali et tombe certainement sur quelque chose de tellement explosif qu'il faut le tuer avant qu'il ne l'utilise...

Michel Coubron avait posé son Ruger sur la table.

— C'est un sans-faute jusque-là, commissaire... Et le second grain de sable ?

J'allais parler de moi, mais le bond que fit Coubron m'en empêcha. Il venait de se cacher derrière un énorme réfrigérateur-congélateur. Le revolver seul dépassait, dirigé vers la fenêtre, le chien relevé.

— Allongez-vous par terre. . Vous êtes vraiment des ordures...

Tout en me baissant, je parvins à jeter un coup d'œil à l'extérieur. Une quinzaine de policiers en tenue d'assaut avaient pris position sur le pont de la voie de chemin de fer. Je reconnus les uniformes du G.I.G.N.

— Nous n'y sommes pour rien, Coubron...

Des bruits de pas résonnèrent sous la voûte.

— Toi, le journaleux... Tu vas sortir en agitant ton écharpe... Dis-leur que je tiens un flic en otage, qu'il vaut mieux me laisser passer... Je n'ai pas la réputation de quelqu'un d'hésitant...

Francis Trops se mit à genoux. Son écharpe blanche glissa lentement sur son cou. Il se mit debout, ouvrit la porte et, par l'embrasure fit flotter le lainage. Lorsqu'il fut certain que le signe avait été compris, il tira la porte à lui, s'avança. Le coup claqua instantanément. Le journaliste avait cessé de vivre bien avant que l'écho mortel eut fini de vibrer dans la cour.

— Pourquoi ont-ils fait ça?... Ils sont devenus dingues... J'aurais pu vous désigner, vous, un commissaire, et non pas le journaliste! Ils l'ont aligné comme à l'entraînement...

Je décidai de me placer à l'abri et commençai à ramper en direction de Coubron. Aucun bruit ne parvenait du dehors ; le raclement de mes chaussures devait s'entendre jusque sur le viaduc. La porte et la fenêtre volèrent en éclats alors que je dépassais la table et que mes coudes arrivaient à hauteur du réfrigérateur. Coubron s'était accroupi dans le minuscule espace ménagé entre le mur et le meuble. Il n'eut pas le temps de se servir du Ruger qu'il tenait à deux mains. La première balle lui arracha le nez, la seconde l'atteignit sous le menton et il s'affaissa près de moi, à demi décapité. Je tendis les doigts vers son visage poisseux et lui fermai les yeux. Deux Rangers s'aplatirent dans la mare de sang en formation et l'odeur de cirage mêlée à celle chaude de la mort fut pour moi la dernière.

Le gendarme abaissa son fusil.

Le canon s'illumina comme un flash définitif.

Aubervilliers, Déc. 86 — Avril 87

DU MÊME AUTEUR

Aux Éditions Gallimard

Dans la Série Noire

MEURTRES POUR MÉMOIRE (Folio n° 1955). Grand Prix de la Littérature policière 1984 — prix Paul-Vaillant-Couturier 1984 (Folio Policier n° 15)

LE GÉANT INACHEVÉ (Folio n° 2503), prix 813 du Roman noir 1983

LE DER DES DERS (Folio policier n° 59)

MÉTROPOLICE (Folio n° 2971)

LE BOURREAU ET SON DOUBLE (Folio policier n° 42)

LUMIÈRE NOIRE (Folio policier n° 65)

LA MORT N'OUBLIE PERSONNE (Folio policier n° 60)

Dans Page Blanche

À LOUER SANS COMMISSION

Aux Éditions Denoël

LA MORT N'OUBLIE PERSONNE

LE FACTEUR FATAL (Folio n° 2396), prix Populiste 1992

ZAPPING (Folio n° 2558), prix Louis-Guilloux, 1993

EN MARGE (Folio n° 2765)

UN CHÂTEAU EN BOHÊME (Folio n° 2865)

MORT AU PREMIER TOUR (Folio policier n° 34)

PASSAGES D'ENFER

Aux Éditions Manya

PLAY-BACK (Folio n° 2635), prix Mystère de la Critique 1986

Aux Éditions Verdier

AUTRES LIEUX
MAIN COURANTE
LES FIGURANTS
LE GOÛT DE LA VÉRITÉ

Aux Éditions Julliard

HORS-LIMITE

Aux Éditions Baleine

NAZIS DANS LE MÉTRO

Aux Éditions Hoebeke

À NOUS LA VIE ! Photos de Willy Ronis

Aux Éditions Parole d'Aube

ÉCRIRE EN CONTRE (entretiens)

Impression Bussière Camedan Imprimeries
à Saint-Amand (Cher),
le 12 août 2002.
Dépôt légal : août 2002.
1er dépôt légal dans la collection : mars 1999.
Numéro d'imprimeur : 023519/1.
ISBN 2-07-040810-8./Imprimé en France.